OS GUERREIROS DA NFL

PAULO MANCHA · EDUARDO ZOLIN

OS GUERREIROS DA NFL

Origens, uniformes e curiosidades de todas as 84 equipes que construíram a história do futebol americano profissional

2ª impressão

PANDA BOOKS

Texto © Paulo Mancha e Eduardo Zolin

Diretor editorial
Marcelo Duarte

Diretora comercial
Patth Pachas

Diretora de projetos especiais
Tatiana Fulas

Coordenadora editorial
Vanessa Sayuri Sawada

Assistente editorial
Olívia Tavares

Capa, projeto gráfico e diagramação
Vanessa Sayuri Sawada

Diagramação
Flavio Peralta

Ilustração
Paulo Nilson
Caco Bressane

Preparação
Beatriz de Freitas Moreira

Impressão
EGB

CIP — BRASIL. CATALOGAÇÃO NA PUBLICAÇÃO
SINDICATO NACIONAL DOS EDITORES DE LIVROS, RJ

Mancha, Paulo
Os guerreiros da NFL / Paulo Mancha, Eduardo Zolin. – 1. ed. –
São Paulo: Panda Books, 2017. 152 pp.

ISBN 978-85-7888-672-1

1. Times de futebol americano. I. Zolin, Eduardo. II. Título.

17-43620
CDD: 796.334
CDU: 796.332

2018
Todos os direitos reservados à Panda Books.
Um selo da Editora Original Ltda.
Rua Henrique Schaumann, 286, cj. 41
05413-010 — São Paulo — SP
Tel./Fax: (11) 3088-8444
edoriginal@pandabooks.com.br
www.pandabooks.com.br
Visite nosso Facebook, Instagram e Twitter.

Nenhuma parte desta publicação poderá ser reproduzida por qualquer meio ou forma sem a prévia autorização da Editora Original Ltda. A violação dos direitos autorais é crime estabelecido na Lei nº 9.610/98 e punido pelo artigo 184 do Código Penal.

SUMÁRIO

Apresentação 7
Como ler este livro 9
O futebol americano profissional 10

OS TIMES ATUAIS

Arizona Cardinals 20
Atlanta Falcons 22
Baltimore Ravens 24
Buffalo Bills 26
Carolina Panthers 28
Chicago Bears 30
Cincinnati Bengals 32
Cleveland Browns 34
Dallas Cowboys 36
Denver Broncos 38
Detroit Lions 40
Green Bay Packers 42
Houston Texans 44
Indianapolis Colts 46
Jacksonville Jaguars 48
Kansas City Chiefs 50
Los Angeles Chargers 52
Los Angeles Rams 54
Miami Dolphins 56
Minnesota Vikings 58
New England Patriots 60
New Orleans Saints 62
New York Giants 64
New York Jets 66
Oakland Raiders 68
Philadelphia Eagles 70
Pittsburgh Steelers 72
San Francisco 49Ers 74
Seattle Seahawks 76
Tampa Bay Buccaneers 78
Tennessee Titans 80
Washington Redskins 82

OS TIMES DO PASSADO

Akron Pros | Indians 85
Baltimore Colts 86
Boston Bulldogs 87
Boston Yanks 88
Brooklyn Dodgers | Tigers 89
Brooklyn Lions 90
Buffalo All-Americans | Bisons 91
Canton Bulldogs 92
Chicago Tigers 93
Cincinnati Celts 94
Cincinnati Reds 95
Cleveland Indians 96
Cleveland Indians | Bulldogs 97
Cleveland Tigers | Indians 98
Columbus Panhandles | Tigers 99
Dallas Texans 100
Dayton Triangles 101
Detroit Heralds 102
Detroit Tigers 103
Detroit Panthers 104
Detroit Wolverines 105
Duluth Kelleys | Eskimos 106
Evansville Crimson Giants 107
Frankford Yellow Jackets 108
Hammond Pros 109
Hartford Blues 110
Kansas City Blues | Cowboys 111
Kenosha Maroons 112
Los Angeles Buccaneers 113
Louisville Breckenridges 114
Louisville Colonels 115
Milwaukee Badgers 116
Minneapolis Marines 117
Minneapolis Red Jackets 118
Muncie Flyers 119
New York Brickley Giants 120
New York Bulldogs 121
New York Yankees 122
New York Yanks 123
Oorang Indians 124
Orange | Newark Tornadoes 125
Pottsville Maroons 126
Providence Steam Roller 127
Racine Legion | Tornadoes 128
Rochester Jeffersons 129
Rock Island Independents 130
St. Louis All-Stars 131
St. Louis Gunners 132
Staten Island Stapletons 133
Toledo Maroons 134
Tonawanda Kardex 135
Washington Senators 136

Todos os campeões 137
Posições dos jogadores 139
Glossário 142
Referências bibliográficas 151

APRESENTAÇÃO

Todos os anos, quando chega a época do Super Bowl, o debate ferve... Quem é o maior quarterback de todos os tempos? E o melhor running back? Qual é o número 1 entre os jogadores de defesa?

A discussão é divertida, acirra rivalidades e colore o esporte. Mas nem sempre ela realmente tem fundamento. É natural: nossa tendência é olhar apenas para o que está perto de nós – não apenas no sentido geográfico, mas também temporal: os astros da atualidade ou, no máximo, aqueles que vimos na televisão cinco ou dez anos atrás.

Mas a NFL não nasceu ontem. A mais bem-sucedida liga esportiva dos Estados Unidos está perto de completar cem anos de existência. Uma história ora épica, ora bizarra, mas muito rica e sempre cheia de curiosidades e surpresas.

Quem imaginaria que em 1920, em meio ao racismo institucionalizado nos Estados Unidos, o primeiro campeão da história da liga tivesse como astro um atleta negro? E que uma das equipes pioneiras da NFL seria extinta por causa de uma aposta? Ou ainda, que nos primórdios, houvesse um time profissional composto somente de índios, que divertiam o público fazendo exibições de arco e flecha nos intervalos dos jogos? E que um dos maiores craques da NFL inspirou o nome de um avião de guerra no Brasil? Sem falar no time que tinha como estrela um center chamado... Mancha.

Remexendo nesse passado fantástico surgiu a ideia deste livro. São 32 times da atualidade e 52 de outrora, expostos por meio de sua história, seu uniforme e das fotos de seus principais ídolos.

Para que este livro fosse escrito tivemos o apoio direto ou indireto de amigos e fãs apaixonados pelo esporte. Sem falar nos colegas narradores, comentaristas e produtores da ESPN que, no dia a dia, tornam possível o nosso trabalho em frente às câmeras.

Um agradecimento especial vai para os amigos Éder Sguerri e Sílvio Júnior, cuja revisão técnica engrandeceu de forma inestimável este trabalho.

Paulo Mancha gostaria de agradecer também às famílias D'Amaro e Vorontsov, assim como ao amigo Thomas Noonan, o primeiro comentarista de NFL no Brasil, que sempre encorajou a busca pelo passado desse esporte sensacional.

Eduardo Zolin gostaria de agradecer ainda à sua esposa Larissa, seus pais José Carlos e Fausta, seus irmãos Lindolfo e Patricia, e sua cadelinha Margot – torcedora dos Eagles.

E ambos dedicamos um agradecimento especial a você, que, como nós, ama o esporte da bola oval em todas as dimensões – inclusive a histórica.

Boa leitura!

PAULO MANCHA e EDUARDO ZOLIN

COMO LER ESTE LIVRO

O grande diferencial desta obra está na apresentação dos uniformes dos times. Das equipes atuais você poderá conferir o primeiro uniforme usado pelos jogadores e o último, utilizado na temporada de 2016. Não existe regra rígida que defina qual uniforme é usado em casa e fora de casa. Assim, usamos a terminologia "uniforme 1", "uniforme 2" e "alternativo". Em geral, o uniforme 1 é usado nos jogos em casa, e o 2, fora de casa. Em alguns times da atualidade há mais de um uniforme alternativo, incluindo a versão "color rush" usada nos jogos de quintas-feiras. Optamos pela mais comum.

Não há registros exatos sobre os uniformes de oito equipes dos primórdios da NFL, mas apenas as cores que empregavam. Nesses casos, decidimos ilustrar da forma mais provável, seguindo os padrões da época. Essas equipes são: Detroit Heralds, Detroit Tigers, Evansville Crimson Giants, Kenosha Maroons, Louisville Colonels, Muncie Flyers, Racine Tornadoes e Tonawanda Kardex.

Cada capítulo traz a ficha do time com dados sobre a fundação, sede e cores da equipe. Na lista de títulos conquistados, a data entre parênteses refere-se à temporada do campeonato em questão, e não ao ano da partida. Ao lado do nome dos ídolos colocamos a sigla com a posição do jogador e o desenho de uma bola dourada 🏈 indicando que aquele atleta foi eleito para o Hall da Fama do Futebol Americano Profissional.

Ao final deste livro, você encontra ainda uma tabela com todos os campeões – desde a primeira competição em 1920 –, as posições dos jogadores com suas respectivas siglas e um glossário completo para ficar por dentro do universo do futebol americano.

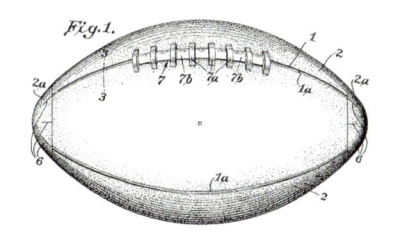

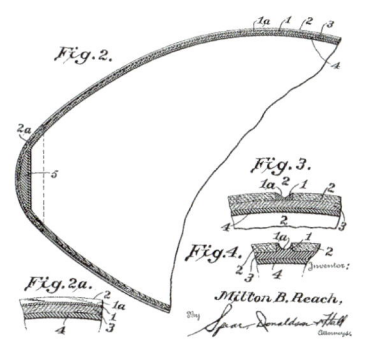

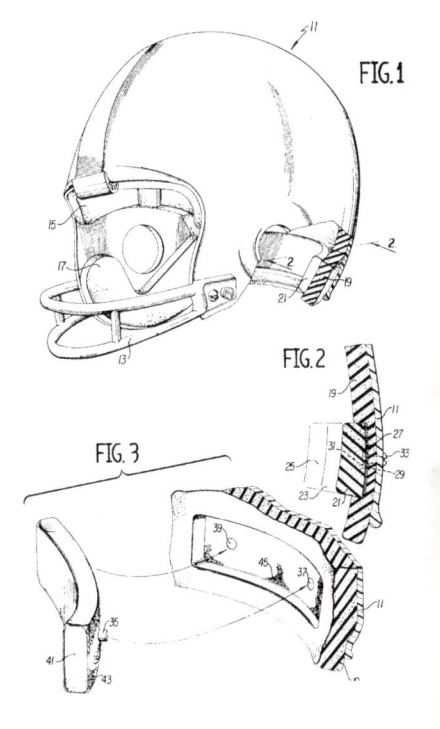

O FUTEBOL AMERICANO PROFISSIONAL

COMO TUDO COMEÇOU

O futebol americano nasceu na segunda metade do século XIX, nos Estados Unidos, como uma variação do rúgbi, trazido ao país pelos jovens abastados que iam à Inglaterra estudar.

Duas mudanças de regras foram fundamentais para que essa modalidade se transformasse em um esporte definitivamente diferente do rúgbi inglês. A primeira, em 1882, foi a introdução de uma distância mínima a ser percorrida em um certo número de tentativas de avanço (os downs), com o jogo sendo interrompido brevemente no final de cada uma dessas jogadas para que as equipes pudessem se reorganizar em campo. A outra aconteceu em 1906, ano em que passou a ser permitido lançar a **bola para a frente**.

John Heisman é considerado o "pai" do passe para a frente. No rúgbi, apenas passes para os lados ou para trás são legais.

NASCE A NATIONAL FOOTBALL LEAGUE (NFL)

Desde a sua introdução nos Estados Unidos, na década de 1860, até o começo do século XX o esporte foi eminentemente amador, praticado em escolas e universidades. Entretanto, em 1900 já existiam equipes semiprofissionais, concebidas por ex-universitários que não queriam parar de jogar após se formarem. Esses times disputavam pequenos torneios regionais ou simplesmente jogos de exibição, dividindo entre eles o dinheiro arrecadado com os ingressos.

A partir de 1910 o futebol americano universitário (amador) ganhou importância, e aquele praticado em clubes atléticos (semiprofissional) se aproveitou disso, recebendo atenção de jornais e investimentos de patrocinadores e simpatizantes.

Nessa época, os torneios regionais se fortaleceram muito. Um deles, organizado pela Liga de Ohio, obteve tanta relevância que passou a atrair clubes de outros estados. Em 20 de agosto de 1920, em uma reunião realizada dentro de uma loja de automóveis, diretores de vários times concordaram em criar uma liga de futebol americano em nível nacional. Ela foi batizada inicialmente de American Professional Football Conference (APFC) e, no mês seguinte, rebatizada de American Professional Football Association (APFA). Dois anos depois veio a mudança para o nome definitivo, que vigora até hoje. Assim nasceu a National Football League (NFL).

A NFL nasceu em 1920 na cidade de Canton, Ohio, onde hoje fica o Hall da Fama do Futebol Americano Profissional.

POR QUE OS TIMES SÃO CHAMADOS DE "FRANQUIAS"?

Desde a fundação, a NFL adotou o sistema de franquias. Ou seja, ela concede, mediante pagamento, a autorização para que um time possa representá-la em determinada cidade ou região do país. Isso explica, em boa parte, o entra e sai de clubes na NFL em seus primórdios. Muitos deles não conseguiam dinheiro suficiente para bancar salários, viagens e taxas dos campeonatos. Por isso, eram banidos ou se retiravam por conta própria.

AS POSIÇÕES ERAM DIFERENTES

Antes da década de 1940, a nomenclatura do futebol americano era um pouco diferente. Não existiam, por exemplo, wide receivers. Os jogadores que se posicionavam nas extremidades da linha de scrimmage (portanto, elegíveis para o recebimento de passes) eram chamados de "ends". Ou seja, todo time tinha seus "offensive ends", por mais estranho que esse termo soe atualmente.

Os jogadores do backfield também tinham denominações e funções diferentes das atuais. Os corredores se dividiam em halfbacks, fullbacks e tailbacks, conforme seu posicionamento em relação ao quarterback. Havia ainda o wingback, que se posicionava no backfield, mas lateralmente deslocado, além do end. Por isso, era geralmente acionado em jogadas de passe.

E o mais curioso: o quarterback não era o único que lançava a bola. Todos no backfield faziam passes. Em muitas jogadas, por sinal, o snap era feito diretamente a um dos corredores, enquanto o quarterback servia de bloqueador extra, auxiliando os guards e os tackles.

Tudo isso mudou a partir de 1936, com a alteração do **formato** da bola. Graças a esse novo formato, o jogo de passes tornou-se muito mais fácil, profundo e eficiente, incentivando a especialização na função de lançador. O quarterback ganhou status e passou a desempenhar quase exclusivamente o trabalho de arremessar a bola.

Inovações táticas como a **T-formation**, de 1940, também influenciaram na nomenclatura e na descrição das posições em campo. A tradicional formação single wing (que privilegiava o jogo terrestre) perdeu espaço e termos como tailback passaram a ser menos usados, com os corredores sendo divididos simplesmente em fullbacks e halfbacks – estes últimos conhecidos hoje em dia como running backs.

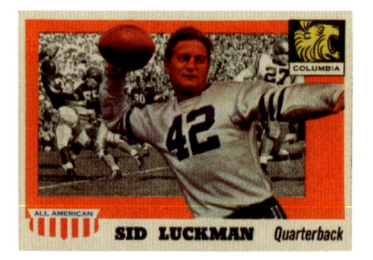

Além disso, os ends passaram a se alinhar de forma ampla ("wide", em inglês), perto da lateral do campo. Ganharam assim a alcunha de wide receivers, tornando-se alvo dos lançamentos mais longos. E o wingback começou a jogar mais próximo da linha ofensiva, atuando ora como recebedor de passes, ora como bloqueador – o tight end dos tempos atuais.

Início do século XX.

Depois de 1936.

A bola original era difícil de lançar por seu tamanho e formato. Em 1936, ela ficou menor e ganhou contornos aerodinâmicos.

O quarterback Sid Luckman, do Chicago Bears, foi o primeiro a ter sucesso com a T-formation nos anos 1940.

Veja a lista de posições de jogadores e suas siglas na página 139.

TODOS JOGAVAM NO ATAQUE E NA DEFESA

Do surgimento da liga nacional de futebol americano, em 1920, até o ano de 1943, as substituições de jogadores eram limitadas – a exemplo do que se vê no soccer nos dias de hoje. Assim, os mesmos 11 jogadores atacavam e defendiam durante as partidas. Quando o time atacante perdia a posse de bola e passava a se defender, em geral o quarterback passava a safety, os running backs (halfback, tailback etc.) se tornavam linebackers, e assim por diante. Nos registros históricos, contudo, somente as posições de ataque aparecem para cada atleta.

A LIGA DE OHIO E O MASSILON TIGERS

Muito antes da NFL, já existiam times e ligas profissionais de futebol americano. Sabe-se que, em 1892, o ex-estudante de Yale, **William "Pudge" Heffelfinger**, tornou-se o primeiro atleta profissional do futebol americano ao receber quinhentos dólares para atuar pela Allegheny Athletic Association, equipe que disputava partidas de exibição na Pensilvânia.

Poucos anos mais tarde, diversos torneios começaram a surgir no país. Entre 1900 e 1920, houve ligas de futebol americano em Nova York, Ilinois e na Pensilvânia. É verdade que elas não eram tão profissionais assim, já que os atletas raramente viviam só do esporte, tendo outras profissões (com salário bem melhores, inclusive). Além disso, as viagens eram caras e demoradas, o que ocasionava muitos cancelamentos de jogos. E, claro, impedia as ligas de se expandir geograficamente.

A mais bem-sucedida dessas entidades foi a **Ohio League**, que durou de 1902 até 1919. Nada menos que 23 clubes profissionais passaram por ela, disputando pelejas em nove estádios espalhados por Ohio. Algumas potências, como o Canton Bulldogs (quatro vezes campeão) e o Akron Indians (quatro vezes campeão) acabaram indo para a NFL, em 1920. O escrete de Akron, vale dizer, foi o primeiro campeão da NFL, naquele mesmo ano, já rebatizado de Akron Pros. E o Canton Bulldogs levou o título nacional em 1922 e 1923.

A maioria dos historiadores atribui à Ohio League o ambiente favorável para a criação da NFL.

Curiosamente, o time mais bem-sucedido da história da Ohio League acabou nunca jogando na NFL: o **Massilon Tigers** foi seis vezes campeão. O clube só não se tornou uma potência da NFL por dois fatos que até hoje intrigam os estudiosos da história do futebol americano.

O Massilon Tigers é considerado o maior time da primeira década do século XX, para onde os melhores atletas universitários de toda a região iam após se formarem.

Primeiro, uma acusação de envolvimento de atletas em um esquema de apostas e resultados combinados – que nunca ficou provada. Devido a esse escândalo, o time acabou suspendendo operações por sete anos, do final de 1907 a 1914. Depois, em 1915, a equipe voltou e começou a se reerguer, mas parou de jogar de novo em 1918, devido à Gripe Espanhola e à Primeira Guerra Mundial. Os Tigers ainda tiveram fôlego para mais uma temporada da Ohio League, em 1919. Mas quando a NFL surgiu, no ano seguinte, o clube da cidade de Massilon estava afundado em dívidas e não conseguiu assumir os compromissos da nova liga, extinguindo-se logo em seguida.

O TIME QUE LIGOU O CORINTHIANS AOS PATRIOTS

O Providence Steam Roller (veja p. 127) foi a primeira equipe da Nova Inglaterra na NFL. Por isso, o time é homenageado no The Hall at Patriot Place, o museu e hall da fama do New England Patriots. Além disso, seu nome inspirou o de um humilde time de flag football brasileiro, em 2006, o Diadema Steamrollers. Com o tempo, a equipe cresceu e ganhou a chancela do Sport Club Corinthians Paulista, tornando-se o Corinthians Steamrollers.

Em 2016, o time paulista adotou o **uniforme** usado na década de 1920 pelo Providence Steam Roller, e hoje a camisa do Corinthians Steamrollers figura ao lado da original, no museu do New England Patriots, vizinho do Gillette Stadium, em Foxborough, nos Estados Unidos.

MUITA CONFUSÃO NOS PRIMÓRDIOS

No começo da NFL, especificamente de 1920 a 1932, não havia playoffs nem jogo final. O campeão era declarado conforme seu número de vitórias e derrotas ao longo da temporada. Isso, porém, gerava grandes controvérsias, pois a liga não definia o calendário de cada time. Eram os próprios clubes que decidiam quantas partidas fariam e contra quais adversários. Alguns disputavam cinco ou seis jogos, outros participavam de 12 ou 13 partidas.

Às vezes, com o torneio já perto do fim, alguns times agendavam jogos extras, de última hora, contra adversários fracos, para tentar melhorar seu lugar na tabela – fato que gerava muitos protestos e controvérsias. Também era usual as equipes incluírem nos seus calendários partidas amistosas, contra adversários que não faziam parte da NFL, apenas para arrecadar fundos.

Isso tudo mudou a partir de 1933, quando a liga se reestruturou, baniu os times fracos e mal estruturados e os de cidades muito pequenas. E, finalmente, instituiu um sistema racional de playoffs e decisão do título.

UM ÍNDIO, UM NEGRO, UM ESPORTE

O futebol americano nasceu de um esporte inglês, por obra de abastados estudantes brancos norte-americanos. Mas, desde seu início, sempre teve um viés de integração racial. Ou melhor, quase sempre: de 1933 a 1946, um pacto racista informal entre donos de clubes da NFL baniu os negros da liga. O vergonhoso acordo foi quebrado em 1946, quando o Los Angeles Rams contratou o running back **Kenny Washington**. Hoje, mais de 60% dos atletas são afrodescendentes. Há também jogadores com origens indígenas e muitos latino-americanos.

A história da multietnicidade na liga deve muito a dois jogadores dos anos 1920. O halfback **Fritz Pollard** (1894-1986) era jogador do Akron Pros – o primeiro campeão da NFL, em 1920. No ano seguinte, acumulou ainda função de técnico – primeiro negro a exercer esta função e o único até 1989, quando os Raiders contrataram Art Shell como head coach.

Pollard não era apenas um excelente esportista. Estudou química na renomada Universidade Brown, foi empresário de grandes artistas e fundou o The Independent News – primeiro jornal norte-americano dirigido por negros.

Jim Thorpe, por sua vez, celebrizou-se como o mais bem-sucedido indígena dos esportes norte-americanos. Tornou-se o primeiro nativo americano a ganhar uma medalha de ouro olímpica, em 1912, nos Jogos de Estocolmo. Ao longo da juventude, jogou beisebol, basquete, hóquei, handebol, tênis e squash, entre outros esportes. Mas foi no futebol americano que angariou mais notoriedade, jogando em todas as posições do backfield. Participou de grandes esquadrões, como o Canton Bulldogs e o New York Giants. Chegou a ter seu próprio time, o Oorang Indians (veja p. 124), e era tão competente também na defesa que seu nome inspirou o prêmio dado hoje em dia todos os anos ao melhor cornerback ou safety do futebol americano universitário.

RED GRANGE, O FANTASMA GALOPANTE

Imagine um atleta capaz de atrair, sozinho, mais de 60 mil pessoas a um estádio. Esse era Harold Edward "Red" Grange (1903-1991), o maior jogador de futebol americano dos primeiros anos da NFL.

Red Grange nasceu numa família humilde da Pensilvânia, mas, apesar disso, conseguiu estudar na renomada Universidade de Illinois, onde rapidamente se tornou um astro do esporte. Jogando como halfback, levou o time ao título da conferência Big Ten de 1923, com oito vitórias e nenhuma derrota. Era capaz de feitos inacreditáveis, como no jogo em que marcou quatro touchdowns em 12 minutos. Ganhou o apelido de **Galloping Ghost** (Fantasma Galopante).

Em 1925, foi contratado pelos Bears para jogar na NFL. Graças a ele, todos os estádios por onde o clube de Chicago passava ficavam lotados. Celebrizaram-se partidas como a de 6 de dezembro daquele ano, contra o New York Giants, com 73 mil pessoas nas arquibancadas do estádio Polo Grounds.

Grange ainda atuou pelo New York Yankees, em 1926 e 1927, e depois voltou aos Bears, onde acumularia dois títulos da NFL (1932 e 1933). Depois de deixar o campo de jogo definitivamente em 1934, Red Grange virou narrador esportivo e se tornou um **ícone** para os Estados Unidos.

Grande parte da popularidade e do sucesso do futebol americano profissional é atribuída a Grange, o primeiro "superstar" da modalidade. Ele figura no Hall da Fama do Futebol Americano, e sua camisa, número 77, foi aposentada pelo Chicago Bears como forma de imortalizá-lo.

STEAGLES E CARD-PITT: O EFEITO BIZARRO DA GUERRA

O ano era 1943. Com a entrada dos Estados Unidos na Segunda Guerra Mundial, mais de seiscentos jogadores de futebol americano foram convocados pelas Forças Armadas e trocaram os campos de jogo pelos de batalha, na Europa e no Pacífico. Houve quem desistisse de competir naquele ano por falta de atletas, como o time dos Rams, que então ficavam em Cleveland.

Philadelphia Eagles e Pittsburgh Steelers também não tinham jogadores suficientes. Mas, em vez de simplesmente desistirem, tiveram uma ideia insólita: unir temporariamente os dois clubes. Surgiu assim o "Phil-Pitt Combine", conhecido popularmente como Steagles – a mistura de Stee-

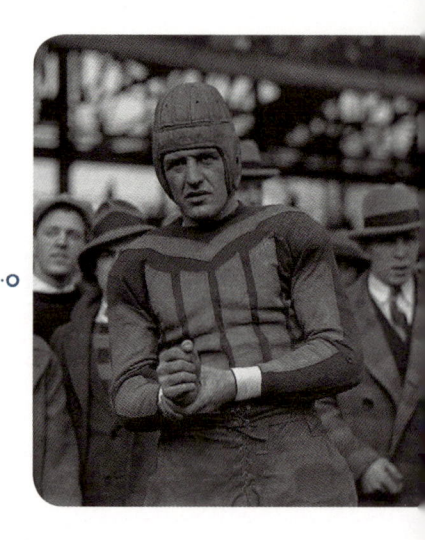

Durante a Segunda Guerra Mundial, vários pilotos batizaram seus aviões de Fantasma Galopante. Uma dessas aeronaves, o Galloping Ghost of the Brazilian Coast, passou um bom tempo no Parnamirim Field, a base aérea dos Estados Unidos em Natal (RN).

lers com Eagles. O time teve uma performance razoável, com cinco vitórias, quatro derrotas e um empate. Ficaram fora dos playoffs, e a união se desfez após essa única temporada, por opção dos Eagles.

Art Rooney, o dono dos Steelers, propôs então o mesmo tipo de união ao Chicago Cardinals, que também sofria com a escassez de atletas. E assim foi feito. Mas o resultado acabou sendo um fiasco. O time virou piada entre jornalistas e torcida, que o chamavam de "Carpet" ("Tapete"), numa corruptela sarcástica do nome oficial "Card-Pitt". O motivo disso era o fato de todos os adversários "pisarem" na equipe, que terminou a temporada de 1944 em último na tabela, com dez derrotas e nenhuma vitória.

No ano seguinte, com o fim da Segunda Guerra Mundial, os clubes desfizeram a união e voltaram a ser independentes (ainda bem!).

AS LIGAS RIVAIS: AMEAÇA À NFL

Ao longo de sua história, a NFL viu diversas ligas rivais serem criadas. Em 1926, uma briga entre o empresário Charles C. Pyle e a direção da NFL fez surgir a primeira American Football League (sim, houve mais de uma com o mesmo nome). Pyle acreditava que o fato de ser "dono" do passe do maior astro da época, o halfback Harold "Red" Grange, atrairia muito público para os jogos do time em que ele atuasse – no caso, o New York Yankees.

Isso de fato aconteceu, mas os outros clubes, ao contrário, sofreram prejuízos e mais prejuízos. O mercado de torcedores não era grande o suficiente para os nove times da AFL e os 22 da NFL. Assim, a AFL faliu no final daquele mesmo ano. Um de seus times, porém, foi aceito na NFL em 1927: justamente o New York Yankees, do craque Red Grange.

Outra tentativa de rivalizar com a NFL – esta mais bem-sucedida – ocorreu em 1946, com o estabelecimento da All-America Football Conference (AAFC). A liga foi idealizada pelo editor de esportes do jornal *Chicago Tribune*, Arch Ward, que também ganhou fama por ter inventado o All-Star Game da Major League Baseball. A nova liga tinha oito equipes e trouxe muitas novidades no campo das táticas e estratégias. Nela surgiram para o mundo duas futuras lendas do esporte: o técnico Paul Brown e o quarterback Otto Graham, ambos do Cleveland Browns.

Em 1949, as duas ligas decidiram conversar, e disso saiu uma fusão. Dos oito clubes da AAFC, três foram incorporados à NFL: Cleveland Browns, San Francisco 49ers e (o primeiro) Baltimore Colts. Outro time, o Los Angeles Dons, fundiu-se com o Los Angeles Rams, da NFL. E os demais se extinguiram.

A liga rival mais bem-sucedida de todas, contudo, foi a nova American Football League (AFL), que entrou em atividade em 1960. Criada por oito empresários que tiveram seus times recusados pela NFL, a nova liga promoveu a integração racial, inovou no marketing (foi nela que surgiram os nomes dos atletas no costado da camisa de jogo), nas **transmissões de TV** e em alguns conceitos táticos, como a prevalência do jogo aéreo.

A AFL foi tão bem-sucedida que, em 1965, já roubava boa parte do público e dos patrocinadores da NFL. Não admira que, logo no ano seguinte, viesse uma iniciativa de unificação. Ela aconteceu em fases. Num primeiro momento, criou-se um jogo entre o campeão de cada uma das ligas para definir o título nacional. A essa partida foi dado o nome de Super Bowl. Sua primeira edição aconteceu em 15 de janeiro de 1967, com a vitória do Green Bay Packers (campeão da NFL) sobre o Kansas City Chiefs (campeão da AFL), por 35 X 10.

Em 1970, completou-se a fusão das ligas com a criação da nova NFL. Eram 26 equipes divididas em duas conferências: a Americana (AFC), com a maioria dos times oriundos da AFL, e a Nacional (NFC), cujos integrantes vinham quase todos da antiga NFL. Agora, não apenas os campeões se enfrentavam, mas os times de ambas poderiam jogar entre si.

Naquela época, o futebol americano vivia uma verdadeira lua de mel com a televisão e rumava rapidamente para o primeiro lugar na preferência do público norte-americano – que desde o século XIX tinha o beisebol como sua modalidade favorita.

Veja a lista de todos os campeões de cada liga na página 137.

OS TIMES ATUAIS

ARIZONA CARDINALS

A franquia mais antiga em atividade na NFL nasceu bem longe de sua sede atual, no inverno gelado de Illinois, e de forma prosaica: um grupo de vizinhos que queria se divertir. Esse grupo formava o Morgan Athletic Club, time que chamou a atenção do empreiteiro Chris O'Brien. Ele decidiu comprá-lo e conseguiu uniformes usados da Universidade de Chicago para os jogadores. O tom avermelhado das roupas e a nova administração inspiraram o rebatismo do time para Racine Street Cardinals.

Em 1920, os Cardinals se juntaram a outras equipes de futebol americano, entre elas a do Chicago Bears, e deram origem à APFA, que dois anos mais tarde passaria a ser a NFL.

Uma nova mudança de nome transformaria o time em Chicago Cardinals, e foi com essa alcunha que o esquadrão alvirrubro venceu o seu primeiro título da NFL, na temporada de 1925. O feito se repetiria 22 anos depois, em 1947. Mesmo com o título no final da década de 1940, os Cardinals não conseguiam competir em pé de igualdade com os Bears pelo público pagante em Chicago. A solução para a falência que se avizinhava foi a migração para Saint Louis, em 1960.

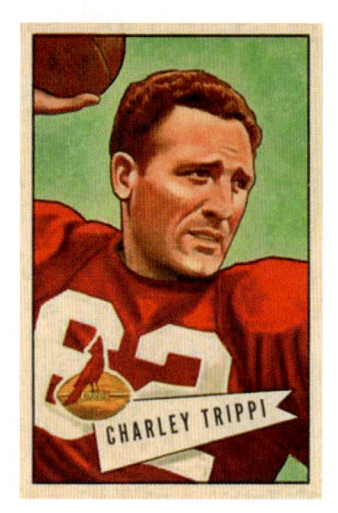

O desempenho do time ao longo de 28 anos de estada no Missouri se manteve sofrível, com apenas três participações nos playoffs. Por isso, uma segunda mudança de ares aconteceu, com a equipe ganhando um novo e moderno estádio ao se transferir para o Arizona, em 1987.

Eleito para o Hall da Fama, Charley Trippi jogava em cinco posições, mas se sobressaiu mesmo como halfback, entre 1947 e 1955.

1920
RACINE CARDINALS

2016

uniforme 1   uniforme 2   alternativo

O Phoenix Cardinals, como foi então rebatizado, assumiu o atual nome de Arizona Cardinals em 1994, e mais de uma década depois viveu a melhor fase de sua história: a campanha brilhante de 2008, que levou a equipe ao título da National Football Conference (NFC) e a uma participação no Super Bowl do mesmo ano. Apesar de perder a finalíssima para os Steelers, o time celebrizou-se como um dos mais potentes de toda a história em ataque aéreo, com o quarterback Kurt Warner e o wide receiver Larry Fitzgerald atuando de forma primorosa.

Fundação: **1898**
Sede: **Glendale, Arizona**
Divisão: **NFC Oeste**
Cores:
Títulos no Super Bowl: **–**
Títulos pré-união AFL/NFL: **2**
Estádio: **University of Phoenix Stadium**
Capacidade: **63,4 mil pessoas**

ÍDOLOS

Charley Trippi (QB/HB)
John "Paddy" Driscoll (QB/técnico)
Kurt Warner (QB)
Larry Fitzgerald (WR)
Larry Wilson (S)
Marshall Goldberg (HB)
Pat Tillman (S)

ATLANTA FALCONS

Os Falcons nasceram em 1965, graças à disputa que envolvia as duas ligas de futebol americano à época: a NFL e sua rival AFL. Em uma jogada de mestre, um grupo de investidores de Atlanta pediu a entrada da cidade em ambas as ligas. A briga de bastidores foi grande, um momento em que os dois campeonatos se "canibalizavam" – fato que culminaria com uma trégua no ano seguinte e com a criação do Super Bowl como forma de unificar o campeão nacional.

Uma vez aceito na NFL, o nome do clube da Geórgia foi determinado por um concurso: mais de 550 ideias surgiram para nomeá-lo. Com quarenta menções, "Falcons" foi o nome escolhido. O primeiro jogo da história da franquia ocorreu em 1º de agosto de 1966, contra o Philadelphia Eagles. Diante de uma plateia de 26 mil torcedores no Atlanta Stadium, seu antigo estádio, e jogando pela pré-temporada, os Falcons perderam. Era o prenúncio de tempos muito difíceis. A primeira vitória só viria após a décima rodada do campeonato daquele ano. Depois disso, a primeira temporada com mais vitórias do que derrotas chegaria apenas seis anos mais tarde, em 1971.

Os Falcons começariam finalmente a se destacar na NFL em 1980, ao conquistarem pela primeira vez o título da divisão Oeste da NFC. Nove anos depois, em 1989, voltaram às manchetes com o recrutamento do cornerback Deion Sanders. Apelidado de Prime Time, o jogador se tornou um

Deion Sanders jogou nos Falcons de 1989 a 1993. Eleito para o Hall da Fama, consagrou-se como um dos maiores cornerbacks da história.

O moderníssimo Mercedes-Benz Stadium, inaugurado em 2017, foi escolhido para sediar o Super Bowl LIII, em fevereiro de 2019.

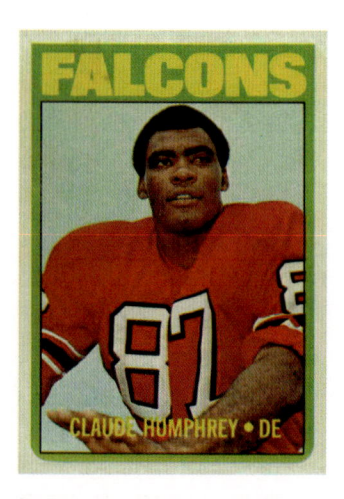

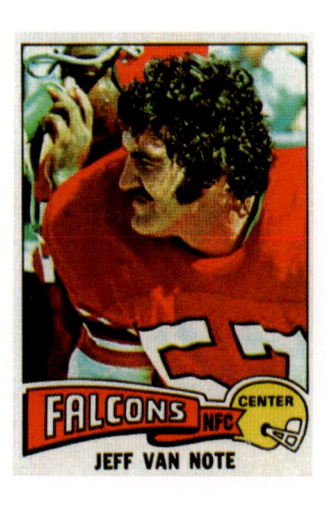

1966

uniforme 1   uniforme 2

2016

uniforme 1   uniforme 2   alternativo

astro do futebol americano e trouxe apelo de mídia para uma equipe até então considerada coadjuvante.

Na temporada de 1998, o Atlanta Falcons venceu seu primeiro título da NFC e chegou à disputa do Super Bowl XXXIII, ocasião em que foi derrotado pelo Denver Broncos. Na década de 2000, seguiu-se um período conturbado durante o reinado de Michael Vick. O quarterback titular da equipe entre 2001 e 2006, considerado um dos jogadores mais dinâmicos da liga, provocou diversas polêmicas e foi preso por financiar e participar de um esquema de apostas em brigas de cachorros.

A queda de Vick trouxe um período de vacas magras. Somente na segunda metade da década de 2000 é que os Falcons ressurgiriam com o quarterback **Matt Ryan** conduzindo o time à segunda disputa do Super Bowl, na temporada de 2016.

Fundação: **1965**
Sede: **Atlanta, Geórgia**
Divisão: **NFC Sul**
Cores:
Títulos no Super Bowl: **-**
Títulos pré-união AFL/NFL: **-**
Estádio: **Mercedes-Benz Stadium**
Capacidade: **71 mil pessoas**

ÍDOLOS

Claude Humphrey (DE)
Deion Sanders (CB)
Jeff Van Note (OL)
Matt Ryan (QB)
Roddy White (WR)
Steve Bartkowski (QB)

BALTIMORE RAVENS

Órfã do futebol americano desde a repentina mudança dos Colts para Indianápolis, em 1984, a cidade de Baltimore sempre quis um time para chamar de seu. A partir de 1993, diversos grupos de investidores mostraram interesse em criar uma franquia de expansão da NFL, mas empecilhos jurídicos sempre travavam o negócio. A sorte da cidade mudou em 1995, quando Art Modell, o então dono do Cleveland Browns, mostrou-se atraído pelo pacote de benefícios oferecidos por Baltimore e decidiu levar para lá os Browns.

A polêmica foi grande, assim como os protestos em Cleveland. Em uma decisão inédita, a NFL autorizou a mudança de cidade, mas não a manutenção do nome e da história do time. Por isso, houve o nascimento de uma nova franquia, que começaria sua própria história e a busca por títulos em 1996: o Baltimore Ravens. O nome do time foi escolhido por meio de um concurso entre os cidadãos de Baltimore. Ravens é uma homenagem ao escritor Edgar Allan Poe, autor do poema "O corvo". Ele viveu grande parte de sua vida na cidade e está sepultado no local.

A primeira temporada de sucesso veio rapidamente, já em 2001, quando a equipe foi aos playoffs e venceu seu primeiro Super Bowl. Liderada pelo linebacker Ray Lewis, a defesa bateu recordes históricos e o time derrotou o New York Giants no Super Bowl XXXV.

O safety Ed Reed disputou 11 temporadas, entre 2002 e 2012, e bateu cinco recordes da franquia, inclusive o de interceptações (61).

1996

uniforme 1   uniforme 2

2016

uniforme 1   uniforme 2   alternativo

Sua força viria a ser testada novamente mais de uma década depois, época em que o elenco, comandado pelo quarterback Joe Flacco e pelo técnico John Harbaugh, alcançaria o segundo título de Super Bowl e consagraria de vez o nome do linebacker **Ray Lewis**, o maior jogador da história da franquia.

Ao contrário do que ocorreu com a maior parte das equipes da NFL, que levaram décadas para decolar, os Ravens têm um impressionante currículo em apenas 21 temporadas entre a sua fundação, em 1996, e a edição deste livro, em 2017. Ao todo, foram dez participações em playoffs e dois troféus Vince Lombardi conquistados.

Fundação: **1996**
Sede: **Baltimore, Maryland**
Divisão: **AFC Norte**
Cores:
Títulos no Super Bowl: **2**
Títulos pré-união AFL/NFL: **–**
Estádio: **M&T Bank Stadium**
Capacidade: **71.008 pessoas**

ÍDOLOS

Ed Reed (S)
Jamal Lewis (RB)
Jonathan Ogden (OT)
Peter Boulware (LB)
Ray Lewis (LB)
Todd Heap (TE)

BUFFALO BILLS

A história do futebol americano praticado em Buffalo é muito rica. Ela data do começo do século XX, com equipes semiprofissionais como Buffalo All-Stars e Buffalo Niagaras, entre outras, disputando jogos na região do estado de Nova York, incluindo o Buffalo All-Americans, um dos times fundadores da NFL. Mesmo com muitas tentativas, nenhuma franquia conseguiu se estabelecer até que o empresário Ralph Wilson Jr. aceitasse a proposta da AFL e fundasse o Buffalo Bills em 1960.

O time venceria dois títulos nacionais (antes da união entre AFL e NFL) nas temporadas de 1964 e 1965, sob o comando do quarterback Jack Kemp, que depois se tornaria um dos mais eminentes congressistas americanos nas décadas de 1970, 1980 e 1990, concorrendo à vice-presidência dos Estados Unidos em 1996.

Na década de 1970, já na NFL, o Buffalo Bills viu surgir aquele que seria o maior running back de sua história: O. J. Simpson, o primeiro jogador da liga a ter uma temporada com mais de 2 mil jardas terrestres. A década de 1970 também marcou a inauguração do estádio que a equipe utiliza até hoje, na época conhecido apenas como Rich Stadium.

Os Bills protagonizam uma grande rivalidade com os Patriots na Divisão Leste da Conferência Americana.

1960

uniforme 1   uniforme 2

2016

uniforme 1   uniforme 2   alternativo

Mas foi no final da década de 1980 e começo da década de 1990 que o Buffalo Bills atingiu o auge do seu sucesso, ao recrutar o quarterback **Jim Kelly** e contratar o técnico Marv Levy. A dupla seria responsável por conduzir o time a quatro títulos da AFC, disputando quatro Super Bowls consecutivos entre as temporadas de 1990 e 1993. No entanto, acabou perdendo todos eles.

A saída de Jim Kelly e do técnico Marv Levy após as temporadas de 1996 e 1997 gerou um vácuo de talentos na equipe, que passou por momentos turbulentos na virada do milênio e fez sua última aparição em playoffs na temporada de 1999.

Fundação: **1960**
Sede: **Orchard Park, Nova York**
Divisão: **AFC Leste**
Cores:
Títulos no Super Bowl: **-**
Títulos pré-união AFL/NFL: **2**
Estádio: **New Era Field**
Capacidade: **71.608 pessoas**

ÍDOLOS

Andre Reed (WR)
Bruce Smith (DE)
Jack Kemp (QB)
Jim Kelly (QB)
O. J. Simpson (RB)
Thurman Thomas (RB)

CAROLINA PANTHERS

Apesar de ser uma das equipes mais novas da NFL, o Carolina Panthers tem forte ligação com o passado da liga. Seu fundador, <u>Jerry Richardson</u>, fez parte do histórico elenco do Baltimore Colts, campeão da temporada de 1959. Empresário desde a sua aposentadoria dos gramados, Richardson começou na década de 1980 uma campanha para fundar uma nova franquia que contemplasse os fãs de futebol americano dos estados de Carolina do Norte e Carolina do Sul. Após três jogos de exibição entre times da NFL com sucesso de público na região, ele recebeu autorização oficial em 1993, e o Carolina Panthers foi integrado à liga em 1995, ao lado do Jacksonville Jaguars.

Contando com nomes como o do linebacker Sam Mills e do novato quarterback Kerry Collins, os Panthers surpreenderam todos com uma campanha de sete vitórias e nove derrotas, melhor temporada inaugural de uma franquia na história da NFL pós-Segunda Guerra Mundial. Ao longo dos primeiros anos, o time derrotaria grandes esquadrões recém-vitoriosos no Super Bowl, como o San Francisco 49ers de 1994 e o Dallas Cowboys de 1995. A temporada de 1996 marcaria a estreia da equipe em playoffs.

Após uma virada de milênio tumultuada e o realinhamento de divisões da NFL em 2002, o Carolina Panthers passou a integrar a NFC, divisão Sul, sob o comando do técnico John Fox. Com forte atuação defensiva, foi campeão da Conferência em 2003 e disputou o Super Bowl XXXVIII, naquela que foi considerada uma das melhores finais da história da NFL. A vitória por 32 X 29, no entanto, ficou com o time adversário, o New England Patriots.

O retorno ao grande jogo da liga só voltaria a acontecer mais de dez anos depois, desta vez sob o comando do jovem quarterback Cam Newton, no histórico Super Bowl 50 contra o Denver Broncos. Apesar de seu ataque terrestre fortíssimo durante a temporada, novamente o time não alcançou a vitória.

O quarterback Cam Newton (número 1) tornou-se a estrela da equipe na década de 2010.

1995

uniforme 1   uniforme 2

2016

uniforme 1   uniforme 2   alternativo

Os Panthers têm como grito de guerra a frase "Keep pounding", cunhada pelo linebacker Sam Mills. Ídolo na década de 1990, Mills era símbolo de garra e determinação e morreu precocemente de câncer em 2005. A frase figura na saída dos vestiários do Bank of America Stadium e até mesmo na gola das camisas de jogo do time de Charlotte.

Fundação: **1993**
Sede: **Charlotte, Carolina do Norte**
Divisão: **NFC Sul**
Cores:
Títulos no Super Bowl: **-**
Títulos pré-união AFL/NFL: **-**
Estádio: **Bank of America Stadium**
Capacidade: **75.419 pessoas**

ÍDOLOS

Cam Newton (QB)
DeAngelo Williams (RB)
Jake Delhomme (QB)
Julius Peppers (DE)
Muhsin Muhammad (WR)
Sam Mills (LB)
Steve Smith (WR)

CHICAGO BEARS

Um dos únicos times fundadores da NFL ainda em atividade, os Bears começaram sua história de vitórias em 1919 como Decatur Staleys, equipe de operários do interior de Illinois. Sob o comando de **George Halas** – que cinquenta anos depois emprestaria seu nome ao troféu dado ao vencedor da NFC –, o clube logo migrou para Chicago e mudou seu nome para Bears. As cores foram inspiradas no uniforme da Universidade de Illinois, onde Halas estudou.

O primeiro título veio de imediato, em 1921. Ao longo da década de 1930, outros dois troféus. O estabelecimento dos Bears como uma força inquestionável na NFL aconteceu na década de 1940, quando a franquia conseguiu quatro títulos no intervalo de sete temporadas, capitaneada pelo quarterback Sid Luckman.

As décadas seguintes trouxeram grandes nomes ao elenco, como o tight end Mike Ditka e o linebacker Dick Butkus. Mesmo assim, com exceção do título de 1963, o time passou por uma grande seca de conquistas entre as décadas de 1950 e 1980.

A guinada para o alto veio quando Ditka, já aposentado dos campos, assumiu como técnico em 1982 e, ao lado do coordenador de defesa Buddy Ryan, transformou a equipe em uma das mais temidas da história. A temporada do Chicago Bears em 1985 foi antológica, com estatísticas defensivas espetaculares e com o brilho de atletas da estirpe do running back Walter Payton no ataque. A combinação mágica resultou no primeiro e único Super Bowl do Chicago Bears.

O quarterback Sid Luckman (à esquerda) conduziu o time a quatro títulos na década de 1940. Já o tight end Mike Ditka (à direita), além de grande jogador, foi técnico dos Bears e os levou à conquista do Super Bowl XX.

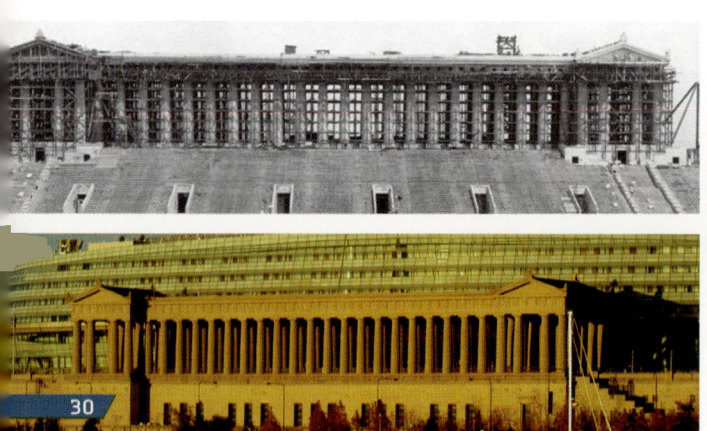

Inaugurado em 1924, o Soldier Field é o estádio mais antigo da NFL ainda em uso. Foi projetado como um monumento aos soldados que lutaram na Primeira Guerra Mundial. Daí o nome e as belas colunas em estilo greco-romano de sua fachada.

1920
DECATUR STALEYS

uniforme 1   uniforme 2

2016

uniforme 1   uniforme 2   alternativo

A década de 1990 e a virada do milênio viram equipes competitivas montadas por Chicago, incluindo a campeã da Conferência Nacional em 2006, que seria derrotada no Super Bowl XLI.

No final da década de 2000 e início da década de 2010, os Bears viveram altos e baixos. Seus fãs aguardam um novo time dominante que faça jus aos oito títulos conquistados na era pré-Super Bowl e ao fato de Chicago ser o clube com mais atletas no Hall da Fama do Futebol Americano Profissional.

BRIAN URLACHER
O linebacker que jogou de 2000 a 2012 é um dos ídolos recentes da franquia, com oito aparições no Pro Bowl – o jogo das estrelas da NFL.

Fundação: **1919**
Sede: **Chicago, Illinois**
Divisão: **NFC Norte**
Cores: ■ ■ ◻
Títulos no Super Bowl: **1 (1985)**
Títulos pré-união AFL/NFL: **8**
Estádio: **Soldier Field**
Capacidade: **61.500 pessoas**

ÍDOLOS

Brian Urlacher (LB)
Bronko Nagurski (HB) 🏈
Dick Butkus (LB) 🏈
Gale Sayers (RB) 🏈
George Halas (fundador) 🏈
Harold "Red" Grange (HB) 🏈
Mike Ditka (TE/técnico) 🏈
Mike Singletary (LB) 🏈
Sid Luckman (QB) 🏈
Walter Payton (RB) 🏈

CINCINNATI BENGALS

A história dos tigres-de-bengala começa em 1967, ano em que o clube despontou no cenário esportivo como uma franquia de expansão da AFL. Curiosamente, graças a um de seus maiores rivais, o Cleveland Browns. Isso porque, quando o então técnico e dono de parte do time de Cleveland, Paul Brown, foi demitido após a equipe ser adquirida por Art Modell, ele buscou na AFL uma nova oportunidade. A ele foi concedida a prerrogativa de criar um novo esquadrão e assim surgiu o Cincinnati Bengals. O nome prestava homenagem a um antigo clube amador da cidade, mas as cores foram uma clara provocação ao Cleveland Browns.

Sob o comando de Paul Brown, o time venceu dois títulos de divisão e chegou aos playoffs duas vezes nas seis primeiras temporadas. No entanto, faltava energia ao técnico para disputar a liga em alto nível. Após a sua aposentadoria, os Bengals viram um relance de sucesso, sobretudo na década de 1980. Foram duas campanhas bem-sucedidas que levaram o time ao Super Bowl em 1981 e em 1988. Em ambas, no entanto, a franquia acabou derrotada pelo San Francisco 49ers.

HISTÓRIA CURIOSA
Paul Brown fundou os Bengals em 1968. Uma ironia do destino, já que ele foi o treinador mais famoso do Cleveland Browns, o grande rival da equipe.

1968

uniforme 1   uniforme 2

2016

uniforme 1   uniforme 2   alternativo

Ainda assim, a contribuição do Bengals nesse período foi marcante para a NFL dos dias atuais, com a difusão de esquemas ofensivos e defensivos como a West Coast Offense e a Zone Blitz.

A partir da década de 1990, o time enfrentou uma seca de playoffs, superada somente em 2005, quando o técnico Marvin Lewis estabeleceu as bases de um elenco que novamente voltava a competir em alto nível. Desde então, a franquia venceu quatro títulos de divisão, mas ainda sonha em voltar a disputar o Super Bowl.

Fundação: **1967**
Sede: **Cincinnati, Ohio**
Divisão: **AFC Norte**
Cores:
Títulos no Super Bowl: –
Títulos pré-união AFL/NFL: –
Estádio: **Paul Brown Stadium**
Capacidade: **65.515 pessoas**

ÍDOLOS

Anthony Muñoz (OL) 🏈
Bob Johnson (C)
Boomer Esiason (QB)
Chad Johnson (WR)
Ken Anderson (QB)
Ken Riley (DB)
Paul Brown (técnico) 🏈

CLEVELAND BROWNS

Com um passado dos mais gloriosos, o Cleveland Browns nasceu da parceria entre o empresário Arthur B. McBride e o técnico Paul Brown, visando à criação de um time profissional para a AAFC, liga rival da NFL formada logo após a Segunda Guerra Mundial. O batismo como "Browns" foi polêmico à época, já que homenageava o próprio técnico e o deixava desconfortável com a menção. Durante muito tempo Brown apresentou outras versões para a origem do nome do time, mas finalmente admitiu a verdade, e a própria NFL reconhece a homenagem ao técnico.

Disputando contra equipes como o San Francisco 49ers, os Browns dominaram os quatro anos de existência da AAFC, vencendo o título em todas as temporadas. Com o encerramento da liga em 1949, a franquia de Cleveland foi uma das admitidas na NFL. O sucesso continuou, com três títulos na primeira metade da década de 1950.

A aposentadoria de alguns ídolos, como o quarterback Otto Graham, trouxe os holofotes para Jim Brown, um dos maiores running backs de todos os tempos, que conduziu o time ao seu último título da NFL, em 1964. Na década de 1970, sem o running back, que se aposentou cedo e se tornou ator, o clube viveu em marasmo. Na década de 1980, bons momentos viriam, com cinco títulos de divisão e o apelido de

Brownie Elf era o nome do mascote do time entre 1946 e 1962. Foi então substituído por um cão da raça mastiff.

Abaixo, o quarterback Otto Graham (número 14) e o running back Jim Brown (número 32).

1946

uniforme 1   uniforme 2

2016

uniforme 1   uniforme 2   alternativo

Kardiac Kids, pelas viradas emocionantes que conseguia. Ainda assim, faltou um Super Bowl ao esquadrão de Ohio.

O time teve suas atividades suspensas depois do campeonato de 1995, ano em que o então dono Art Modell resolveu mudar a equipe para Baltimore. Após muitas negociações, Modell pôde montar um time na cidade, mas com outro nome. A franquia Browns foi mantida em status de suspensão em Cleveland, voltando às atividades em 1999. Desde então, acumula apenas duas temporadas com mais vitórias que derrotas e enfrenta sérias dificuldades para montar um elenco competitivo na NFL.

Fundação: **1946**
Sede: **Cleveland, Ohio**
Divisão: **AFC Norte**
Cores:
Títulos no Super Bowl: **–**
Títulos pré-união AFL/NFL: **8**
Estádio: **FirstEnergy Stadium**
Capacidade: **67.431 pessoas**

ÍDOLOS
Jim Brown (RB)
Lou Groza (K)
Otto Graham (QB)
Ozzie Newsome (TE)
Paul Brown (técnico)

DALLAS COWBOYS

Um dos maiores e mais prestigiados times da NFL, o Dallas Cowboys iniciou as atividades em 1960, com seu dono Clint Murchison Jr. travando fora de campo uma batalha com George Preston Marshall, o dono do Washington Redskins. Nascia ali uma das maiores rivalidades do futebol americano.

Não houve motivos para comemoração na temporada inaugural, com uma campanha de 11 derrotas e um empate. Ao longo da década de 1960 a equipe se estruturaria aos poucos, atingindo o sucesso definitivo nos anos 1970. Nessa década, disputou cinco títulos da NFC e venceu seus dois primeiros Super Bowls.

Mais do que troféus, a franquia ganhou o apelido de Time da América pela onda de empolgação que espalhou por todo o país. É atribuída aos Cowboys a transformação da imagem da cidade de Dallas, que desde 1963 tinha a pecha de lugar onde Kennedy foi assassinado. O sucesso estrondoso deixou a tragédia em segundo plano e recuperou a reputação da metrópole texana.

Tão importantes quanto os cinco títulos da NFC, na década de 1970, foram as conquistas do grande esquadrão montado no início da década de 1990,

BOB LILLY
Recrutado na primeira rodada do draft de 1961, o defensive tackle jogou até 1974, sendo eleito 11 vezes para o Pro Bowl – o jogo das estrelas da NFL.

1960

uniforme 1   uniforme 2

2016

uniforme 1   uniforme 2   alternativo

com nomes como Troy Aikman, Michael Irvin e Emmitt Smith. O trio ofensivo, ao lado de outras estrelas, levou a melhor em três Super Bowls e colocou o Cowboys no panteão dos maiores vencedores da NFL.

O sucesso dentro de campo se repetiu fora dos gramados. Mesmo sem títulos há mais de duas décadas, o Dallas Cowboys conquistou mais e mais torcedores e alcançou nos últimos anos um valor projetado de 4 bilhões de dólares, tornando-se assim o clube esportivo mais valioso do mundo.

BOB HEYES
Um dos maiores wide receivers da história do time, jogou entre 1965 e 1974, liderando a liga por duas vezes em número de touchdowns de recepção.

Fundação: **1960**
Sede: **Arlington, Texas**
Divisão: **NFC Leste**
Cores: ▧▧▧
Títulos no Super Bowl: **5 (1971, 1977, 1992-3 e 1995)**
Títulos pré-união AFL/NFL: **–**
Estádio: **AT&T Stadium**
Capacidade: **80 mil pessoas**

ÍDOLOS

Bob Hayes (WR) 🏈
Bob Lilly (DT) 🏈
Emmitt Smith (RB) 🏈
Michael Irvin (WR) 🏈
Roger Staubach (QB) 🏈
Tom Landry (técnico) 🏈
Troy Aikman (QB) 🏈

DENVER BRONCOS

Uma das oito franquias originais da AFL, o Denver Broncos foi fundado quase por acaso em 1959, quando o empresário Bob Howsam procurava um time para dividir o estádio com sua equipe de beisebol – essa era a verdadeira paixão do cartola e, curiosamente, acabou não vingando.

Os primeiros anos foram de sofrimento para a torcida, já que a equipe passou de técnico em técnico sem sucesso, amargando 13 temporadas com mais derrotas que vitórias. Foi assim até o técnico John Ralston conseguir dar ao escrete do Colorado sua primeira campanha com mais vitórias que derrotas, em 1973, mesmo sem chegar aos playoffs. As coisas começaram a melhorar de fato em 1977. Sob o comando do técnico Red Miller, e com uma grande defesa que ficou conhecida como Orange Crush, os Broncos alcançaram não só os playoffs, como igualmente sua primeira aparição no Super Bowl.

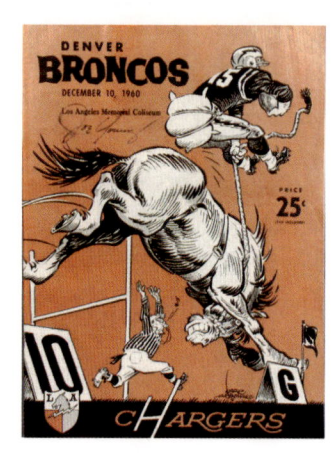

Cartaz de jogo da temporada de estreia dos Broncos.

A derrota para o Dallas Cowboys ficou engasgada na garganta da torcida e dos dirigentes. Assim, começou a se desenhar uma reação. Em 1983 o quarterback John Elway chegou ao Colorado. Entre idas e vindas com técnicos diferentes e outras três derrotas no Super Bowl, o primeiro título da equipe foi conquistado finalmente na temporada de 1997, já nos estertores da carreira de Elway. O time superou o Green Bay Packers no Super Bowl XXXII e, no ano seguinte, conseguiu o bicampeonato ao derrotar o Atlanta Falcons na grande decisão.

Um novo período de instabilidade veio ao longo da década de 2000, até que outro quarterback notável em final de carreira se reuniu ao time: **Peyton Manning**. Sob o comando do veterano, e com uma das defesas mais temidas da NFL, a

NAS ALTURAS
O estádio do time, em Denver, fica a 1.600 metros acima do nível do mar, o que interfere no fôlego dos adversários e até na trajetória dos chutes.

1960

uniforme 1   uniforme 2

2016

uniforme 1   uniforme 2   alternativo

equipe voltou duas vezes à final do campeonato, sendo campeã no histórico Super Bowl 50.

Uma curiosidade: os Broncos jogam no estádio mais alto da NFL. A casa do time fica a 1.600 metros de altitude, ponto em que há 17% menos oxigênio que ao nível do mar. Por isso, os adversários se cansam mais rápido e os chutes e passes vão mais longe, o que é usado como vantagem pela equipe da casa.

Ronnie Hillman, Ben Garland e Montee Ball em jogo da temporada de 2013, quando a equipe bateu o recorde de touchdowns em um campeonato, com 76 ao todo.

Fundação: **1959**
Sede: **Denver, Colorado**
Divisão: **AFC Oeste**
Cores:
Títulos no Super Bowl: **3 (1997-8 e 2015)**
Títulos pré-união AFL/NFL: **-**
Estádio: **Sports Authority Field at Mile High**
Capacidade: **76.125 pessoas**

ÍDOLOS

Floyd Little (RB)
John Elway (QB)
Peyton Manning (QB)
Rod Smith (WR)
Shannon Sharpe (TE)
Terrell Davis (RB)

DETROIT LIONS

Uma das cinco franquias mais antigas da NFL, o Detroit Lions nasceu em 1929, a trezentas milhas de distância da sede atual, em outro estado e com nome diferente: Portsmouth Spartans, de Ohio. Apesar de reunir jogadores desconhecidos em seus anos iniciais, teve campanhas surpreendentes, conseguindo fazer frente às grandes forças do futebol americano na época.

O time cresceu no cenário nacional ao participar da primeira final da história do futebol americano, em 1932, contra o Chicago Bears – antes disso não havia partida decisiva, mas sim a "declaração" de um campeão com base no retrospecto de atuação das equipes. No entanto, as dificuldades financeiras ocasionadas pela Grande Depressão motivaram a venda da franquia em 1934 para um grupo de empresários de Michigan, liderados pelo radialista George Richards.

Richards renomeou o time para "Detroit Lions", segundo muitos, como forma de provocar o Detroit Tigers, clube de beisebol da cidade. Nas palavras de Richards, "o leão é o rei da selva". A mudança injetou ânimo na equipe, que venceu seu primeiro título em 1935 sob o comando do quarterback Dutch Clark. Além disso, a conexão de George Richards com dirigentes da liga garantiu à franquia o direito de protagonizar uma disputa todos os anos no Dia de Ação de Graças, tradição que é mantida até hoje.

DOAK WALKER
Campeão duas vezes (1952 e 1953), o running back foi um dos astros da época de ouro dos Lions. Jogava também como kicker e punter.

Os Lions nasceram com outro nome, em outro lugar. De 1930 a 1933, jogaram em Portsmouth, Ohio, e se chamavam Spartans.

1930
PORTSMOUTH SPARTANS

2016

uniforme 1   uniforme 2

O sucesso voltaria a bater à porta dos Lions na década de 1950, quando venceu três títulos da NFL no período de seis anos, sob o comando do quarterback **Bobby Layne**. Em 1957, após uma fratura na perna, o jogador foi dispensado pela diretoria, para indignação geral. Reza a lenda que o quarterback rogou ao time a praga de amargar cinquenta anos sem conquistar um campeonato – a famosa Maldição de Bobby Layne.

De fato, a franquia de Michigan viria a passar as décadas de 1960 a 1980 em baixa. Nos anos 1990, mesmo contando com estrelas como o running back **Barry Sanders**, o time não engrenou. Assim como nas décadas de 2000 e 2010, em que o wide receiver Calvin Johnson atraiu olhares do mundo esportivo com suas incríveis atuações, contudo sem levar o clube a um troféu.

Fundação: **1929**
Sede: **Detroit, Michigan**
Divisão: **NFC Norte**
Cores:
Títulos no Super Bowl: **-**
Títulos pré-união AFL/NFL: **4**
Estádio: **Ford Field**
Capacidade: **65 mil pessoas**

ÍDOLOS

Barry Sanders (RB)
Bobby Layne (QB)
Calvin Johnson (WR)
Dick Lane (CB)
Dick LeBeau (CB)
Doak Walker (HB)
Dutch Clark (QB)
Joe Schmidt (LB)

GREEN BAY PACKERS

Franquia com mais títulos na história, o Green Bay Packers foi fundado em 1919 por Curly Lambeau e George Whitney Calhoun. O nome do time vem diretamente de seu primeiro investidor, a Indian Packing Company, empresa em que Lambeau e Calhoun trabalhavam e da qual conseguiram dinheiro para uniformes e equipamentos.

Os Packers iniciaram sua dominação na NFL ao vencerem, de maneira invicta, o campeonato de 1929. O sucesso continuou ao longo da década de 1930 e meados da década de 1940 com outros cinco títulos da NFL. Nessa época, astros como o end **Don Hutson** fizeram história. Ao lado do quarterback Arnold Herber, Hutson reformulou todos os conceitos do jogo aéreo, sendo considerado o criador da posição de wide receiver.

O sucesso se esvaiu em meados da década de 1940 e o clube se despediu de Curly Lambeau, que deixou de ser técnico da equipe. Entre idas e vindas com diversos treinadores, os Packers continuaram instáveis até a chegada de um nome que mudaria a história da franquia e da NFL: Vince Lombardi. Contratado em 1959, Lombardi recebeu em mãos o último colocado da temporada e construiu um esquadrão que dominou a NFL na década de 1960 com cinco títulos nacionais, incluindo duas vitórias nas primeiras edições do Super Bowl. Após a vitória no Super Bowl da temporada de 1967, Lombardi se aposentou como técnico e anos depois teve o troféu de campeão da liga batizado em sua homenagem.

Abaixo, o time em 1921, patrocinado pela ACME. Ao lado, o técnico Vince Lombardi e o quarterback Bart Starr, ídolos nos anos 1960.

1921   2016

uniforme 1   uniforme 2   alternativo

Uma segunda era de sofrimento atacou a equipe entre as décadas de 1970 e 1980, até a chegada do quarterback Brett Favre, que conduziu os Packers a outro Super Bowl em 1996. Restabelecida a força da franquia, a continuidade do trabalho de Favre se deu com **Aaron Rodgers**, que foi responsável pelo troféu do Super Bowl de 2010.

Fundação: **1919**
Sede: **Green Bay, Wisconsin**
Divisão: **NFC Norte**
Cores:
Títulos no Super Bowl: **4**
(1966-7, 1996 e 2010)
Títulos pré-união AFL/NFL: **11**
Estádio: **Lambeau Field**
Capacidade: **80.735 pessoas**

ÍDOLOS

Brett Favre (QB)
Aaron Rodgers (QB)
Arnie Herber (QB)
Bart Starr (QB)
Don Hutson (WR)
Earl "Curly" Lambeau (técnico)
Paul Hornung (HB)
Reggie White (DE)
Vince Lombardi (técnico)

HOUSTON TEXANS

No final da década de 1990, com a ida dos Oilers para Nashville, onde a equipe foi rebatizada de Tennessee Titans, um incômodo vácuo esportivo tomou conta da cidade de Houston, no Texas – estado famoso pela paixão que tem pelo futebol americano. Mas isso mudaria no começo do milênio, graças ao esforço conjunto de um grupo de empresários e do investidor Bob McNair.

O objetivo inicial deles era oferecer um novo time de hóquei para a metrópole. Mas os planos mudaram quando a própria NFL revelou ver com bons olhos a criação de um novo esquadrão de futebol americano para elevar a 32 o número de franquias e, com isso, poder estabelecer divisões de forma mais lógica e equânime. E assim aconteceu.

O primeiro jogador a assinar com os Texans foi o offensive tackle Tony Boselli, mas lesões fizeram com que o jogador se aposentasse antes de jogar um único snap. O time contava ainda com Dom Capers como seu primeiro técnico e com o quarterback novato David Carr, escolhido na primeira rodada do draft de 2002. Carr liderou a equipe por quatro temporadas.

Sem nenhum título de divisão ou participação nos playoffs até a segunda metade da década, os Texans viram, contudo, o desempenho do time mudar da água para o vinho com a chegada do técnico Gary Kubiak, na temporada de 2006.

O defensive J. J. Watt é o maior ídolo da curta história dos Texans. Recrutado no draft de 2011, já quebrou diversos recordes.

TEMPORADA 2017
O time de Houston renovou suas esperanças ao recrutar no draft o quarterback Deshaun Watson (número 4), um astro da Universidade Clemson.

2002

uniforme 1   uniforme 2

2016

uniforme 1   uniforme 2   alternativo

O técnico implantou uma das defesas mais talentosas da liga com nomes como Mario Williams, Brian Cushing e, posteriormente, J. J. Watt. O Houston Texans venceu seu primeiro título de divisão em 2011, e o bicampeonato da AFC, divisão Sul, veio em 2012.

Uma temporada fraca em 2013 provocou a demissão do técnico Gary Kubiak e, para substituí-lo, chegou Bill O'Brien, considerado guru de quarterbacks. Com ânimo renovado, os Texans angariaram outros dois títulos da AFC Sul nas temporadas de 2015 e 2016.

DeMeco Ryans e Brian Cushing: dois símbolos da ferocidade dos Texans na defesa.

Fundação: **1999**
Sede: **Houston, Texas**
Divisão: **AFC Sul**
Cores:
Títulos no Super Bowl: **-**
Títulos pré-união AFL/NFL: **-**
Estádio: **NRG Stadium**
Capacidade: **71.795 pessoas**

ÍDOLOS

Andre Johnson (WR)
Brian Cushing (LB)
DeMeco Ryans (LB)
J. J. Watt (DE)
Mario Williams (DE)

INDIANAPOLIS COLTS

Uma das equipes mais tradicionais e vitoriosas da era pré-Super Bowl, os Colts começaram sua história na cidade de Baltimore em 1953 (não confundir com o time de mesmo nome que atuou na AAFC na década de 1940). Enfrentando equipes bem estabelecidas na NFL, o time azul e branco teve dificuldades em seus primórdios e só alcançou a primeira temporada com mais vitórias que derrotas em 1957.

Seguiu-se então uma época de glórias para o clube de Maryland. Em 1958, liderado pelo quarterback **Johnny Unitas**, conquistou o título da NFL contra o New York Giants em uma final que ficou conhecida como "O maior jogo de todos os tempos".

No final da década de 1960, o esquadrão novamente se sobressairia, chegando a disputar dois Super Bowls. Em janeiro de 1969, uma derrota chocante para o New York Jets no Super Bowl III ficaria famosa como a maior zebra da história da NFL. Dois anos depois, os Colts finalmente venceriam seu primeiro Super Bowl contra o Dallas Cowboys.

A partir daí, seguiu-se um período de instabilidade que culminaria em uma surpreendente mudança de cidade. Após um grande desentendimento com as autoridades de Baltimore com relação à construção de um novo estádio, o empresário e dono da franquia, Robert Irsay, levou o time para Indianápolis, em 1984. A relocação ocorreu de forma abrupta: todo o material de treino, equipamentos e bens da equipe foram retirados em uma única noite e transportados até sua nova sede, em Indiana, deixando a antiga cidade sem um time de futebol americano de um dia para o outro.

Na casa nova, a equipe demorou a se reconstruir. A volta por cima se deu com a chegada, no final da década de 1990, de um dos maiores jogadores da história: o quarterback **Peyton Manning**. Sua parceria com o técnico Tony Dungy rendeu, em 2006, o segundo título de Super Bowl.

1953
BALTIMORE COLTS

2016

uniforme 1   uniforme 2   uniforme 1   uniforme 2

O clube viveu uma nova era de ouro, chegando a disputar mais um Super Bowl em 2010, no qual foi derrotado pelos Saints. Depois disso, viu suas forças se esvaírem com uma grave lesão de Manning, que ocasionou a saída do jogador da franquia. Desde então, os Colts seguem com altos e baixos, tentando se reerguer e consolidar uma terceira grande era.

Fundação: **1953**
Sede: **Indianápolis, Indiana**
Divisão: **AFC Sul**
Cores:
Títulos no Super Bowl: **2 (1970 e 2006)**
Títulos pré-união AFL/NFL: **3**
Estádio: **Lucas Oil Stadium**
Capacidade: **62.421 pessoas**

ÍDOLOS
Art Donovan (DT)
Gino Marchetti (DE)
Johnny Unitas (QB)
Lenny Moore (HB)
Marvin Harrison (WR)
Peyton Manning (QB)
Raymond Berry (WR)

JACKSONVILLE JAGUARS

A batalha para fundar uma terceira franquia da NFL na Flórida, que já tinha Miami Dolphins e Tampa Bay Buccaneers, começou ainda na década de 1980 e foi travada fora dos campos de forma intensa. No começo da década de 1990, a NFL anunciou que acrescentaria duas novas equipes na temporada de 1995, e Jacksonville entrou de cabeça em uma competição ferrenha contra mercados mais fortes e tradicionais, como Saint Louis e Baltimore. A franquia ganhou a vaga, ao lado de Charlotte, na Carolina do Norte, sede dos Panthers.

Dentro de campo, o guru do caçula da NFL foi Tom Coughlin, que nunca havia sido técnico ou coordenador na liga profissional. Em seu primeiro posto de destaque, Coughlin assumiu a equipe como técnico e gerente geral em 1994 e teve um ano inteiro de preparação antes da estreia na temporada de 1995. Algo muito incomum aconteceu: ao longo de suas quatro primeiras temporadas, o time liderado dentro de campo pelo quarterback Mark Brunell venceu dois títulos de divisão e se tornou uma peça importante da AFC, conseguindo feitos e viradas históricas.

Na temporada de 1999, alcançou a incrível marca de 14 vitórias e duas derrotas, chegando à final da AFC contra o Tennessee Titans. A derrota, a um passo do Super Bowl, abalou o clube e marcou o fim de uma era.

MARK BRUNELL
Eleito três vezes para o Pro Bowl – o jogo das estrelas da NFL –, o quarterback atuou nos Jaguars de 1995 a 2003 e tornou-se ídolo da torcida.

1995

uniforme 1   uniforme 2

2016

uniforme 1   uniforme 2   alternativo

Nos 14 anos seguintes, os Jaguars só foram aos playoffs duas vezes, na condição de wild card. Isso aconteceu nas temporadas de 2005 e 2007, sob o comando do técnico Jack Del Rio.

A maior realização dos Jaguars na década de 2010 ocorreu fora de campo. Em 2014, seu estádio ganhou o maior telão do mundo na época e um conjunto de piscinas nas arquibancadas – uma inovação em uma cidade de clima quente, em plena Flórida.

Fundação: **1993**
Sede: **Jacksonville, Flórida**
Divisão: **AFC Sul**
Cores:
Títulos no Super Bowl: **–**
Títulos pré-união AFL/NFL: **–**
Estádio: **EverBank Field**
Capacidade: **67.246 pessoas**

ÍDOLOS

Fred Taylor (RB)
Jimmy Smith (WR)
Mark Brunell (QB)
Maurice Jones-Drew (RB)
Tony Boselli (OT)

KANSAS CITY CHIEFS

Em dezembro de 1958, quando o empresário Lamar Hunt assistiu à final do campeonato da NFL entre Baltimore Colts e New York Giants, surgiu uma inspiração que mudaria para sempre o futebol americano profissional nos Estados Unidos. No ano seguinte Hunt fundou sua própria liga, a AFL, e criou o seu próprio time, o Dallas Texans. Sim, os Chiefs nasceram em Dallas, cidade natal de Hunt, com outro nome. E logo na sua terceira temporada foram campeões da liga.

Mas o começo teve seus percalços, já que o clube ainda precisava disputar a atenção da cidade com o Dallas Cowboys, recém-fundado pela NFL. Por isso, diante de uma oferta do prefeito de Kansas City, incluindo até mesmo uma "garantia de público", Hunt mudou a franquia de cidade e o time assumiu o nome de Chiefs, uma brincadeira feita pela população local com o apelido do prefeito.

A popularidade da AFL fez com que as ligas iniciassem um processo de unificação, e com o título da AFL conquistado em 1966 o Kansas City Chiefs teve a honra de disputar o primeiro Super Bowl contra o Green Bay Packers, representante da NFL. Derrotado pelo rival, o sucesso máximo só chegaria no Super Bowl IV, em 1969, quando a equipe derrotou o Minnesota Vikings e garantiu o troféu Vince Lombardi. Desde então, conquistou outros sete tí-

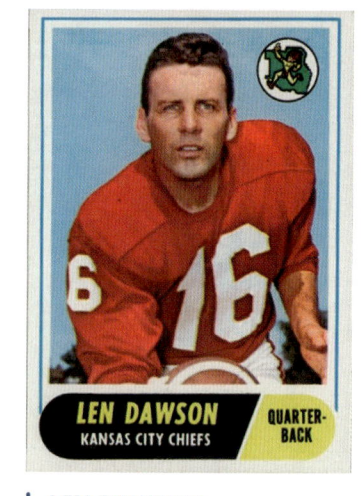

LEN DAWSON
Em 11 janeiro de 1970, o quarterback conduziu os Chiefs a sua única vitória no Super Bowl. Dawson foi uma lenda da AFL e figura hoje no Hall da Fama do Futebol Americano Profissional.

1960
DALLAS TEXANS

uniforme 1   uniforme 2

2016

uniforme 1   uniforme 2   alternativo

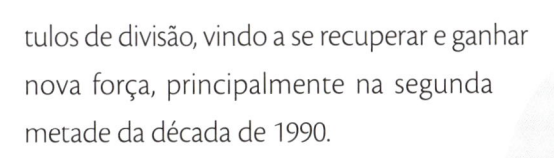

tulos de divisão, vindo a se recuperar e ganhar nova força, principalmente na segunda metade da década de 1990.

Uma curiosidade: os Chiefs foram o primeiro time da NFL a ter um brasileiro nato em seu elenco de temporada regular, o kicker **Cairo Santos**.

Fundação: **1960**
Sede: **Kansas City, Missouri**
Divisão: **AFC Oeste**
Cores:
Títulos no Super Bowl: **1 (1969)**
Títulos pré-união AFL/NFL: **3**
Estádio: **Arrowhead Stadium**
Capacidade: **76.416 pessoas**

ÍDOLOS

Buck Buchanan (DT)
Derrick Thomas (LB)
Emmitt Thomas (CB)
Jan Stenerud (K)
Lamar Hunt (fundador)
Len Dawson (QB)
Nick Lowery (K)
Priest Holmes (RB)
Tony Gonzalez (TE)

LOS ANGELES CHARGERS

Criado em 1959 pelo empresário Barron Hilton, herdeiro do conglomerado de hotéis Hilton, o Los Angeles Chargers foi um dos membros fundadores da AFL, rival da NFL na década de 1960. Há duas versões para o nome do time: uma diz que foi sugestão de um fã; outra remete à sirene acionada pelos torcedores nos jogos da Universidade do Sul da Califórnia. O próprio clube aceita ambas as histórias.

O período inicial em Los Angeles durou pouco, já que na temporada de 1961 o time se mudou para San Diego em busca de um novo estádio, ainda em construção. Sob o comando do técnico **Sid Gillman**, considerado uma das mentes mais inovadoras do futebol americano, a franquia venceu cinco títulos de divisão até 1965, faturando ainda o troféu da temporada de 1963 da AFL.

Com a união entre NFL e AFL na década de 1970, e seu posicionamento na divisão Oeste da AFC, o time viveu um período conturbado por cerca de vinte anos, com elencos abaixo da média e raríssimas aparições nos playoffs. Uma exceção foi o período entre 1978 e 1985, ao ser treinado pelo ousado Don Coryell, idealizador de um sistema de ataque aéreo extremamente agressivo que lançaria moda e teria variações utilizadas até hoje.

Os Chargers voltariam a ganhar relevância no cenário nacional sob o comando do técnico Bobby Ross, que venceu o título da AFC em 1994 e guiou a equipe à sua primeira e única participação no Super Bowl, ocasião em que o time foi derrotado pelo San Francisco 49ers.

Seis vezes convocado para o Pro Bowl, o quarterback Dan Fouts foi ainda eleito o melhor jogador da NFL em 1982. Já o wide receiver Lance Alworth foi um dos astros do time nos anos 1960.

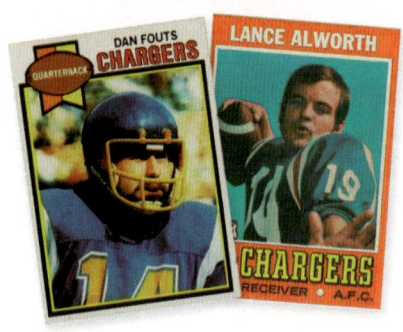

QUALCOMM STADIUM
Inaugurado em 1967, o estádio de San Diego foi palco de três Super Bowls e abrigou os Chargers até a mudança do time para Los Angeles, em 2017.

1960

uniforme 1   uniforme 2

2016

uniforme 1   uniforme 2   alternativo

Na década de 2000, a equipe se tornaria uma potência, com nomes como LaDainian Tomlinson, Philip Rivers e Antonio Gates, ídolos da torcida. Mas, de novo, falhou na batalha por um Super Bowl. Buscando novos ares, os Chargers retornaram a Los Angeles na temporada de 2017, tentando restaurar a glória do passado.

Da esquerda para a direita, três estrelas recentes: o quarterback Philip Rivers, o running back LaDainian Tomlinson e o tight end Antonio Gates.

Fundação: **1959**
Sede: **Carson, Califórnia**
Divisão: **AFC Oeste**
Cores:
Títulos no Super Bowl: **–**
Títulos pré-união AFL/NFL: **1**
Estádio: **StubHub Center**
Capacidade: **30 mil pessoas**

ÍDOLOS

Antonio Gates (TE)
Dan Fouts (QB) 🏈
Junior Seau (LB) 🏈
Kellen Winslow (TE) 🏈
LaDainian Tomlinson (RB) 🏈
Lance Alworth (WR) 🏈
Philip Rivers (QB)
Shawne Merriman (LB)
Sid Gillman (técnico) 🏈

LOS ANGELES RAMS

Os Rams são o único time da NFL a vencer campeonatos representando três cidades diferentes, em 1945, 1951 e 1999. Para entender isso é preciso voltar no tempo. O clube começou sua caminhada em Ohio como Cleveland Rams. A fundação aconteceu em 1936 e o nome foi obra do primeiro técnico, Damon Wetzel, inspirado pela sua equipe do coração no futebol universitário, o Fordham Rams, da Universidade Fordham.

Menos de uma década depois o clube chegou à decisão da temporada de 1945 da NFL, quando derrotou o Washington Redskins e conquistou seu primeiro título nacional. Mesmo com a vitória, a busca por um mercado maior de torcedores fez a equipe migrar na temporada seguinte para Los Angeles.

Na progressista Califórnia, os Rams foram responsáveis pela quebra do pacto racista que havia afastado os negros do futebol americano profissional desde 1933. Dois afro-americanos da Universidade da Califórnia entraram para o elenco: Kenny Washington e Woody Strode. O precedente estimulou muitas outras equipes a fazerem o mesmo. Um dos frutos dessa política se apresentou na década de 1960, quando o time revelou uma espetacular linha defensiva composta de um jogador branco, Merlin Olsen, e de três jogadores negros: Rosey Grier, Deacon Jones e Lamar Lundye, formando uma linha defensiva batizada de The Fearsome Foursome (O Quarteto Amedrontador). Baseada em Los Angeles, a equipe atingiu sucesso dentro e fora de campo, vencendo o campeonato de 1951 e angariando recordes em ingressos vendi-

Duas vezes campeão com o Rams, o quarterback Bob Waterfield foi uma estrela da NFL nos anos 1940 e 1950.

ELROY "CRAZY LEGS" HIRSCH
Membro do Hall da Fama, o famoso atacante ajudou o time a levar o título da NFL em 1951. Ganhou o apelido Crazy Legs devido ao jeito desengonçado de correr.

O quarterback Kurt Warner se tornou o maior ídolo da franquia ao conduzir os Rams à vitória no Super Bowl XXXIV, na temporada de 1999.

1937
CLEVELAND RAMS

2016

uniforme 1   uniforme 2   alternativo

dos, graças ao gigantesco estádio Los Angeles Memorial Coliseum, que na época recebia mais de 100 mil torcedores.

A febre em torno do clube refreou-se com o passar das décadas. Em 1995, alegando problemas com o estádio e falta de apoio dos torcedores, a diretoria levou os Rams para Saint Louis, no Missouri. Apenas quatro anos depois, em 1999, o ataque comandado por Kurt Warner ganharia o apelido de O Maior Show dos Gramados e renderia ao time a vitória no Super Bowl XXXIV. Terceiro título nacional, na terceira cidade que adotou como sede.

Novas mudanças pela frente: o caso de amor com Saint Louis durou pouco mais de dez anos. Nas décadas de 2000 e 2010, com a escassez de participações nos playoffs, a equipe decidiu retornar para Los Angeles em 2015.

Fundação: **1936**
Sede: **Los Angeles, Califórnia**
Divisão: **NFC Oeste**
Cores:
Títulos no Super Bowl: **1 (1999)**
Títulos pré-união AFL/NFL: **2**
Estádio: **Los Angeles Memorial Coliseum**
Capacidade: **90 mil pessoas**

ÍDOLOS
Bob Waterfield (QB)
Deacon Jones (DE)
Elroy "Crazy Legs" Hirsch (RB)
Eric Dickerson (RB)
Kurt Warner (QB)
Marshall Faulk (RB)
Orlando Pace (OT)

MIAMI DOLPHINS

O Miami Dolphins é a única equipe a ter em seu currículo uma "temporada perfeita", conquistando o Super Bowl de maneira invicta, em 1972. Muito pouco tempo depois de sua fundação, é bom ressaltar. A história começou em 1965, ano em que a AFL concedeu uma franquia à maior cidade da Flórida.

Nos primeiros anos o time não empolgava a torcida. A virada de mesa que faria dos Dolphins uma equipe relevante aconteceu em 1970 com a chegada do técnico **Don Shula** e com a união da AFL com a NFL em liga única. Sob o comando de Shula, que foi o técnico principal por 25 anos, a equipe entrou em ascensão, chegando ao Super Bowl VI logo na temporada de 1971, mas perdendo o jogo para o Dallas Cowboys.

A história viria a ser escrita na temporada de 1972, quando o jogo terrestre de Larry Csonka e o revezamento entre os quarterbacks Bob Griese e Earl Morrall deram novo gás ao time, que completaria a temporada de forma invicta e coroaria o excelente trabalho com a vitória sobre o Washington Redskins no Super Bowl VII.

Na temporada seguinte, a equipe venceria mais uma vez o Super Bowl, contando com um forte desempenho de sua defesa. Nove anos depois, em 1982, os Dolphins voltaram à grande final, mas o título ficou com o Washington Redskins. Foi então que o grande ídolo da história do clube,

BOB GRIESE E EARL MORRALL
Na temporada de 1972, os dois quarterbacks se revezaram no comando do ataque e levaram a equipe a uma temporada invicta.

1966

uniforme 1   uniforme 2

2016

uniforme 1   uniforme 2   alternativo

Dan Marino, despontou para o mundo. Recrutado no draft de 1983, Marino se transformou em um dos quarterbacks mais dinâmicos de todos os tempos, dono dos principais recordes da posição para o Dolphins. Com ele o time voltaria a disputar o Super Bowl na temporada de 1984 e se tornaria um dos maiores ataques aéreos da história do futebol americano.

A aposentadoria de Dan Marino, em 1999, deixou um vácuo na posição de quarterback, assim como um esquadrão inconsistente que, desde a virada do milênio até 2017, venceu apenas um título da AFC Leste.

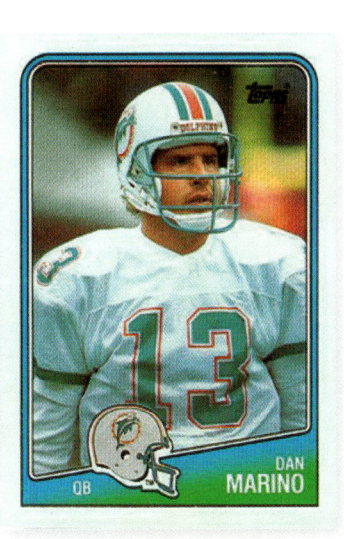

DAN MARINO
Mesmo nunca tendo vencido um Super Bowl, o quarterback entrou para a história pelos diversos recordes que bateu entre 1983 e 1999.

Fundação: **1965**
Sede: **Miami Gardens, Flórida**
Divisão: **AFC Leste**
Cores:
Títulos no Super Bowl: **2 (1972-3)**
Títulos pré-união AFL/NFL: **-**
Estádio: **Hard Rock Stadium**
Capacidade: **65.326 pessoas**

ÍDOLOS

Bob Griese (QB)
Dan Marino (QB)
Don Shula (técnico)
Jason Taylor (DE)
Larry Csonka (FB)
Larry Little (OL)
Paul Warfield (WR)

MINNESOTA VIKINGS

Uma das franquias que nunca venceram um Super Bowl, o Minnesota Vikings surgiu em 1960, com o objetivo de integrar a recém-criada AFL. Mas antes mesmo disso ocorrer, uma virada na história teria lugar. A NFL garantiu ao time uma vaga na sua liga, com a vantagem de jogar contra potências já célebres, como Green Bay Packers e Chicago Bears.

Assumindo o nome "Vikings" em referência à grande colônia escandinava de Minnesota e região, o time contou com um amplo trabalho de marketing em sua temporada de estreia, em 1961, e a população de Minneapolis passou a lotar o Metropolitan Stadium para assistir ao ataque de Fran Tarkenton em campo. Demorou, no entanto, para que as boas atuações viessem. A sorte começaria a mudar com a contratação do técnico Bud Grant em 1967, vindo da Canadian Football League. Logo na temporada seguinte o time alcançaria seu primeiro título de divisão na NFL e a primeira participação nos playoffs.

Em 1969, foi campeão da NFL e disputou o Super Bowl IV contra o Kansas City Chiefs, o campeão da AFL, mas foi derrotado na finalíssima. A equipe ainda disputaria outros três Super Bowls em sua história, todos ao longo da década de 1970, sem vencer nenhum deles.

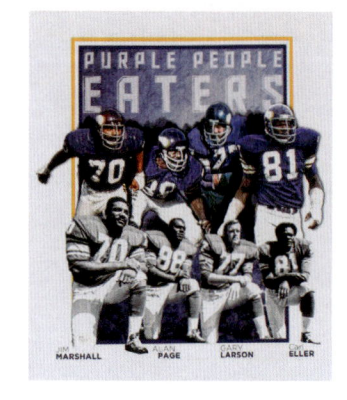

A ameaçadora linha defensiva do time nos anos 1970 ganhou o apelido de Purple People Eaters (Devoradores de Gente Roxos).

ADRIAN PETERSON
O maior running back da história dos Vikings jogou no time por dez temporadas, quebrou dezenas de recordes e foi eleito sete vezes para o Pro Bowl – o jogo das estrelas da NFL.

1961   2016

uniforme 1   uniforme 2   uniforme 1   uniforme 2

Após dez anos de desilusões, na década de 1980, o esquadrão de Minnesota voltaria às finais da NFC em 1989 e 1998, sem novas participações no Super Bowl. Mesmo sem nunca ter vencido um Super Bowl, os Vikings podem se orgulhar de terem colocado ao alcance dos holofotes astros históricos do futebol americano dos últimos cinquenta anos, como Fran Tarkenton, Cris Carter, Randy Moss, Jared Allen e, mais recentemente, o sensacional running back Adrian Peterson, quatro vezes líder da liga em jardas terrestres por partida entre 2007 e 2015.

FRAN TARKENTON
Eleito nove vezes para o Pro Bowl (o jogo das estrelas da NFL), o quarterback ganhou o título de melhor do campeonato em 1975 e figura no Hall da Fama do esporte.

Fundação: **1960**
Sede: **Minneapolis, Minnesota**
Divisão: **NFC Norte**
Cores:
Títulos no Super Bowl: **–**
Títulos pré-união AFL/NFL: **1**
Estádio: **U.S. Bank Stadium**
Capacidade: **66.665 pessoas**

ÍDOLOS

Adrian Peterson (RB)
Alan Page (DT) 🏈
Cris Carter (WR) 🏈
Fran Tarkenton (QB) 🏈
Jared Allen (DE)
John Randle (DT) 🏈
Mick Tingelhoff (C) 🏈
Randy Moss (WR)

NEW ENGLAND PATRIOTS

Time que mais vezes disputou o Super Bowl, o New England Patriots é também uma das franquias mais vitoriosas da história do esporte moderno, estabelecendo-se como potência do futebol americano a partir da década de 2000. A origem da franquia remonta à AFL na década de 1960, na qual era um dos oito times originais da liga, que surgiu para fazer frente à NFL. O clube começou sua jornada como Boston Patriots até se mudar para Foxborough, em 1971, e assumir a identidade atual de New England Patriots.

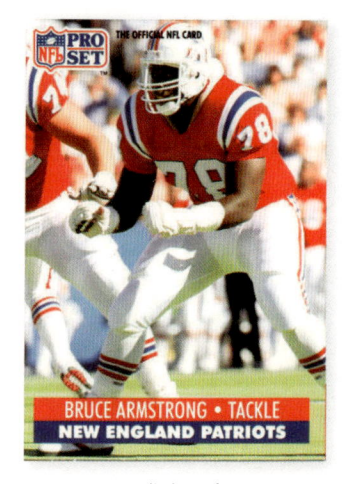

Com uma história de altos e baixos nas décadas de 1970 e 1980, incluindo uma derrota no Super Bowl XX, o time era apenas um coadjuvante até a chegada do técnico Bill Parcells, em 1993, que começou a remodelar absolutamente tudo. O controle de Parcells era tão grande que ele alterou até mesmo o logotipo e o uniforme da equipe, adotando o azul-marinho atual. Sob seu comando, os Patriots disputariam outro Super Bowl, a edição XXI, com mais uma derrota.

Destaque na linha ofensiva entre 1987 e 2000, Bruce Armstrong foi eleito seis vezes para o Pro Bowl (o jogo das estrelas da NFL) e o número de sua camisa foi aposentado pelo time.

O sucesso absoluto começou em 2000, com a contratação de Bill Belichick. Apesar de ser um dos maiores técnicos de futebol americano da história, Belichick iniciou sua carreira nos Patriots de modo conturbado, com uma temporada de reformulação e a lesão do seu quarterback titular Drew

1960 BOSTON PATRIOTS

2016

uniforme 1　　uniforme 2　　uniforme 1　　uniforme 2

Bledsoe. Assim foi dado o início à era Tom Brady, até então apenas um jovem recrutado na sexta rodada do draft.

Com a dupla de técnico e quarterback no comando da franquia, os Patriots atingiram o ápice, garantindo domínio total de sua divisão entre 2002 e 2017 e conquistando cinco Super Bowls. Na grande final disputada em fevereiro de 2017, no Super Bowl LI, a virada de 31 pontos sobre o Atlanta Falcons entrou para a história como um recorde desde a primeira edição do Super Bowl, em 1967.

TOM BRADY
Recrutado apenas na sexta rodada do draft do ano 2000, o quarterback surpreendeu a todos e se transformou numa lenda viva do esporte, o maior vencedor da era do Super Bowl.

Fundação: **1959**
Sede: **Foxborough, Massachusetts**
Divisão: **AFC Leste**
Cores:
Títulos no Super Bowl: **5 (2001, 2003-4, 2014 e 2016)**
Títulos pré-união AFL/NFL: **-**
Estádio: **Gillette Stadium**
Capacidade: **66.829 pessoas**

ÍDOLOS
Bruce Armstrong (OL)
Gino Cappelletti (WR)
John Hannah (OL) 🏈
Nick Buoniconti (LB) 🏈
Stanley Morgan (WR)
Tedy Bruschi (LB)
Tom Brady (QB)

NEW ORLEANS SAINTS

Os Saints são, com certeza, a franquia de nome mais peculiar da NFL. Entre um mar de criaturas ameaçadoras, como Falcons, Lions, Giants ou Raiders, surgem os "santos". Mas há boas razões para isso. A fundação se deu em 1966, no dia 1º de novembro – data conhecida como o Dia de Todos os Santos em uma região dos Estados Unidos repleta de tradições católicas. O nome ainda conecta o time a *When the saints go marching in*, praticamente um hino da cidade de Nova Orleans.

Mesmo com toda a mística envolvida, o time passou boa parte de suas duas primeiras décadas de vida como um coadjuvante na NFL, logrando sua primeira temporada com mais vitórias que derrotas apenas em 1987. Desses tempos pouco brilhantes, vale a menção às atuações do quarterback **Archie Manning**, uma das poucas estrelas das primeiras décadas dos Saints e pai dos futuros campeões Eli e Peyton Manning.

Com o amadurecimento sob o comando de técnicos experientes como Jim Mora, a NFL observou o crescimento do New Orleans Saints e o viu conquistar dois títulos de divisão, em 1991 e 2000. Mas nada prepararia a equipe para o mais dramático momento de toda a sua história, quando o furacão Katrina atingiu Nova Orleans em 2005 e arrasou a cidade. Seu estádio, o Superdome, foi usado como abrigo por vítimas da tragédia, apesar de ter sido significativamente danificado. Naquele ano, os Saints jogaram toda a temporada longe de sua torcida e obtiveram um retrospecto pífio, com três vitórias e 13 derrotas.

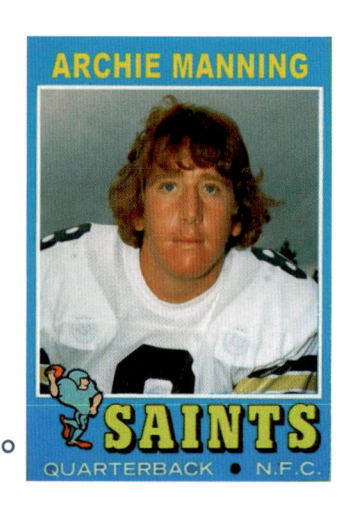

O Superdome é o estádio que mais vezes sediou o Super Bowl, mas ganhou fama mundial por ter abrigado milhares de pessoas após a passagem do furacão Katrina, em 2005.

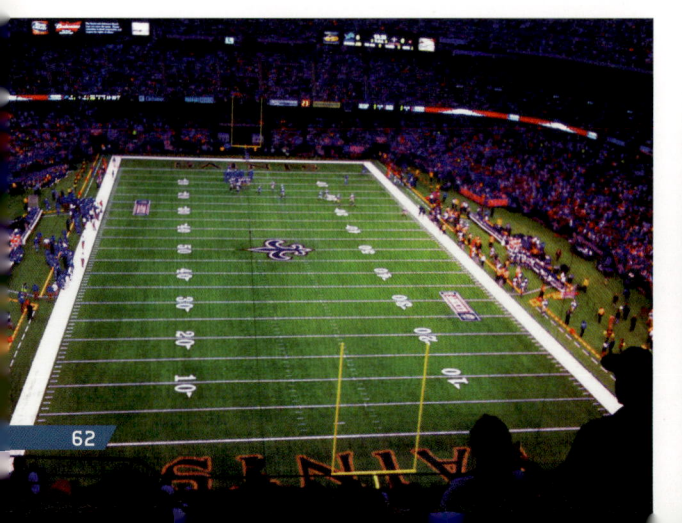

1967

uniforme 1   uniforme 2

2016

uniforme 1   uniforme 2   alternativo

O sofrimento se transformaria em euforia pouco tempo depois. Com um novo técnico no comando, o diligente Sean Payton, e o recém-chegado Drew Brees como quarterback, um New Orleans Saints ressuscitado das cinzas revelou um ataque explosivo e uma torcida cada vez mais fanática pela equipe. O auge dessa revolução aconteceu em 2009, com a vitória no Super Bowl XLIV, seu primeiro e único título na NFL.

O quarterback Drew Brees chegou ao time em 2006 e, a partir de então, fez dos Saints uma potência no ataque, levando a franquia à vitória no Super Bowl XLIV.

Fundação: **1966**
Sede: **Nova Orleans, Luisiana**
Divisão: **NFC Sul**
Cores: ◣ ◻ ◢
Títulos no Super Bowl: **1 (2009)**
Títulos pré-união AFL/NFL: **–**
Estádio: **Mercedes-Benz Superdome**
Capacidade: **73.208 pessoas**

ÍDOLOS

Archie Manning (QB)
Drew Brees (QB)
Morten Andersen (K) 🏈
Rickey Jackson (LB) 🏈
Will Smith (DE)
Willie Roaf (OT) 🏈

NEW YORK GIANTS

Uma das franquias mais tradicionais do futebol americano, o New York Giants foi fundado por **Tim Mara** em 1925 e rapidamente se tornou uma potência. O time ostenta o maior número de participações em decisões de toda a história da NFL, com nada menos que 19 disputas de título. Em sua longa história, os Giants colecionam membros no Hall da Fama, a começar por Jim Thorpe, Ray Flaherty e **Benny Friedman**, que atuaram na década de 1920, até Michael Strahan, já na década de 2000.

Sua contribuição para a consolidação da NFL extrapola a própria liga. Em 1930, por exemplo, quando o futebol universitário dominava amplamente a preferência do público, o time derrotou a temida Universidade de Notre Dame em um jogo amistoso e mostrou a todos que o profissionalismo tinha vindo para ficar.

Outro momento marcante foi a disputa do título da NFL em 1958 contra o Baltimore Colts, decisão conhecida até hoje como "O maior jogo de todos os tempos". Graças a essa partida, a liga conquistou contratos televisivos e disparou em popularidade, superando o todo-poderoso beisebol 13 anos depois. Ironicamente, o sucesso pareceu abandonar a equipe nas décadas de 1960 e 1970, período em que a franquia chegou a ficar 14 anos sem participações nos playoffs.

Na década de 1980, a chegada de nomes de peso, como o técnico Bill Parcells, o quarterback Phil Simms e o linebacker Lawrence Taylor, ensejou um renascimento e o clube venceria os seus dois primeiros Super Bowls nas temporadas de 1986 e 1990.

ELI MANNING
O quarterback que chegou ao time em 2004 detém hoje em dia o recorde de passes para touchdown da franquia, além de ter conduzido a equipe a duas vitórias no Super Bowl.

1925   2016

uniforme 1   uniforme 2

As vitórias no Super Bowl voltariam a acontecer quase duas décadas depois: liderados pela dupla Tom Coughlin (técnico) e Eli Manning (quarterback), os Giants venceram o time favorito – e até então invicto – New England Patriots, feito que se repetiu quatro temporadas depois, em 2011, sacramentando a tradição vitoriosa do time de Nova York.

Fundação: **1925**
Sede: **East Rutherford, Nova Jersey**
Divisão: **NFC Leste**
Cores:
Títulos no Super Bowl: **4 (1986, 1990, 2007 e 2011)**
Títulos pré-união AFL/NFL: **4**
Estádio: **MetLife Stadium**
Capacidade: **82.500 pessoas**

ÍDOLOS
Benny Friedman (QB)
Emlen Tunnell (DB)
Frank Gifford (HB)
Lawrence Taylor (DE)
Michael Strahan (DE)
Morris "Red" Badgro (End)
Phill Simms (QB)
Y. A. Tittle (QB)

NEW YORK JETS

O surgimento do New York Jets está relacionado ao da própria AFL, a liga criada em 1960 para competir com a NFL. Na reunião inaugural, o fundador do time, Harry Wismer, foi categórico ao dizer que a cidade de Nova York estava preparada para mais uma equipe de futebol americano, além dos Giants. Assim surgiu o New York Titans, o primeiro nome dos Jets. Intencionalmente ou não, essa alcunha provocava o rival, já que, de acordo com a mitologia, os titãs seriam maiores que os gigantes. O nome, contudo, não trouxe tanta sorte dentro de campo. Em dois anos de atividade, a equipe acumulou fracassos e passou a enfrentar problemas financeiros.

Um grupo de investidores comprou a franquia de Wismer e a renomeou New York Jets, em virtude da proximidade da sede com o aeroporto da cidade. Também revigoraram a equipe dentro de campo com as contratações do competente treinador Weeb Ewbank e do promissor quarterback Joe Namath, oriundo da Universidade do Alabama. O sucesso da dupla contratada foi estrondoso, e em 1969 ambos lideraram o time ao seu único título da história, o Super Bowl III, contra o favorito Baltimore Colts.

Após altos e baixos nas décadas de 1970 e 1980, os Jets recuperaram prestígio e respeito na década de 1990 sob a batuta de Bill Parcells, que reformulou parte da equipe e trouxe o clube novamente aos holofotes contra rivais como Buffalo Bills, Miami Dolphins e New England Patriots. Com o longevo quarterback Vinny

Joe Klecko, nesta foto ao lado do técnico de college Wayne Hardin, foi um astro da defesa nos anos 1980. Abaixo, o running back Chris Ivory, em 2015.

1960
NEW YORK TITANS

uniforme 1   uniforme 2

2016

uniforme 1   uniforme 2   alternativo

Testaverde no comando, a franquia alviverde chegou às finais da AFC em 1998 e só foi derrotada pelo fortíssimo Denver Broncos de John Elway, que logo depois venceria o Super Bowl.

Mesmo com grandes atuações do running back Curtis Martin (hoje no Hall da Fama do Futebol Americano Profissional), os Jets esbarraram naquele que se tornaria seu maior pesadelo pelos anos seguintes: o New England Patriots de Bill Belichick e Tom Brady, que entrou em uma fase soberba, dominando a divisão Leste da AFC. Assim, desde a virada do milênio, a equipe busca se restabelecer como uma das forças da NFL. Apesar da ausência de conquistas, o clube tem uma torcida apaixonada e faz parte da cultura americana, sendo mencionado com frequência em seriados e filmes que retratam a Big Apple.

Fundação: **1959**
Sede: **East Rutherford, Nova Jersey**
Divisão: **AFC Leste**
Cores:
Títulos no Super Bowl: **1 (1968)**
Títulos pré-união AFL/NFL: **1**
Estádio: **MetLife Stadium**
Capacidade: **82.500 pessoas**

ÍDOLOS

Curtis Martin (RB) 🏈
Dennis Byrd (DL)
Don Maynard (WR) 🏈
Joe Klecko (DT)
Joe Namath (QB) 🏈
Wayne Chrebet (WR)

OAKLAND RAIDERS

Dono de uma das torcidas mais fanáticas da NFL, o Oakland Raiders despontou para o mundo do futebol americano em 1960, quando a recém-criada AFL buscava uma região carente de clubes para instalar sua oitava franquia. Mesmo diante da concorrência com o San Francisco 49ers na região, a cidade de Oakland foi a selecionada, e a equipe deu início às suas atividades no Kezar Stadium. Inicialmente jogando com um uniforme preto, branco e dourado, o time enfrentou suas primeiras temporadas de modo pouco brilhante até a chegada do homem que o colocaria sob os holofotes: Al Davis.

Contratado como técnico e gerente geral, Davis adquiriu tamanha sintonia com o clube que acabou por comprar parte dele. Reformulou tudo, até o uniforme, e enveredou pelo sucesso ao trazer John Madden. O técnico comandou a equipe durante dez temporadas ao longo da década de 1970 e venceu o primeiro Super Bowl da franquia, contra o Minnesota Vikings. Madden tornou-se ícone e chegou até a ter o seu nome em um videogame.

O segundo Super Bowl da franquia ocorreria em 1980, antes de uma reviravolta: buscando um estádio melhor, o time se mudou para Los Angeles, onde permaneceu até 1994. A passagem pela maior cidade da Califórnia ampliou ainda mais sua base de fãs, e foi durante esse período que os Raiders conquistaram seu terceiro título no Super Bowl.

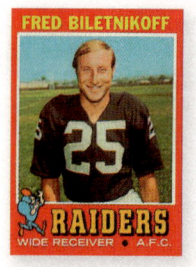

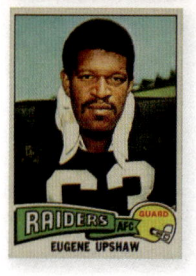

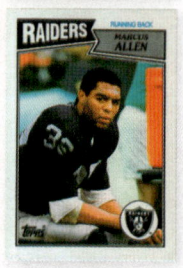

O time colecionou grandes atletas nos anos 1970, como Fred Biletnikoff, George Blanda e Gene Upshaw. No anos 1980, ainda teria astros como Marcus Allen.

O esquadrão de 2016 que chegou até aos playoffs do campeonato.

1960

uniforme 1   uniforme 2

2016

uniforme 1   uniforme 2

Seguindo um pacote de atrativos oferecido pela cidade de Oakland, o time retornou às suas origens em 1995, mas nunca conseguiu repetir o sucesso das décadas de 1970 e 1980. Após um período de marasmo e muitas mudanças de técnico ao longo da década de 2000, os Raiders se reencontraram a partir de 2015 sob o comando de Jack Del Rio e passaram a viver uma nova fase, com o quarterback Derek Carr e o defensive end Khalil Mack comandando, respectivamente, o ataque e a defesa. Uma mudança de sede para Las Vegas está prevista para 2019.

Dois líderes do time recente: o quarterback Derek Carr e o defensive end Khalik Mack (número 52).

Fundação: **1960**
Sede: **Oakland, Califórnia**
Divisão: **AFC Oeste**
Cores:
Títulos no Super Bowl: **3 (1976, 1980 e 1983)**
Títulos pré-união AFL/NFL: **1 (AFL: 1967)**
Estádio: **Oakland-Alameda County Coliseum**
Capacidade: **63.132 pessoas**

ÍDOLOS

Al Davis (dirigente)
Fred Biletnikoff (WR)
Gene Upshaw (OL)
George Blanda (QB)
Jerry Rice (WR)
John Madden (técnico)
Marcus Allen (RB)

PHILADELPHIA EAGLES

Fundado em 1933, o Philadelphia Eagles se juntou à NFL ocupando o lugar do falido Frankford Yellow Jackets. Inspirado pela ave majestosa utilizada pelo presidente Franklin Roosevelt na divulgação da campanha de recuperação do país após a crise de 1929, o fundador do time, Bert Bell, decidiu nomear sua franquia como Eagles.

O time atuou nas duas primeiras temporadas com as cores azul e amarelo até adotar o uniforme verde, em 1935. Os primeiros anos, por sinal, foram muito difíceis para a franquia da Cidade do Amor Fraternal. Durante a Segunda Guerra Mundial, a falta de jogadores motivou uma parceria forçada com o vizinho Pittsburgh Steelers e, por isso, a equipe mista jogou sob a alcunha de Steagles ao longo de 1943. O grande sucesso veio no final da década de 1940, época em que, liderados por Steve Van Buren, os Eagles venceram dois campeonatos da NFL.

Outro grande momento da equipe foi o triunfo em um dos últimos campeonatos da NFL antes da implantação do Super Bowl, derrotando o Green Bay Packers, em 1960. Foi a única vez na história que o esquadrão do icônico técnico Vince Lombardi perdeu na fase de playoffs. Com a fusão definitiva entre AFL e NFL, em 1970, a equipe passou a integrar a NFC. Hoje, figura na divisão Leste ao lado de times históricos como Dallas Cowboys, Washington Redskins e New York Giants, com quem protagoniza sua maior rivalidade.

O halfback Steve Van Buren atuou de 1944 a 1951, liderando a liga em jardas e touchdowns terrestres por quatro temporadas.

Chuck Bednarik foi o último atleta da NFL a jogar "full time" no ataque e na defesa, atuando como center e linebacker de 1949 a 1962.

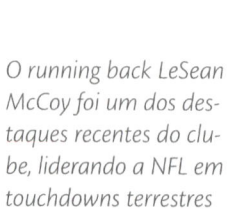

O running back LeSean McCoy foi um dos destaques recentes do clube, liderando a NFL em touchdowns terrestres em 2011 e em jardas terrestres em 2013.

1933   2016

uniforme 1   uniforme 2   alternativo

A equipe soma duas participações no Super Bowl. A primeira ocorreu em 1980, quando perdeu para os Raiders por 27 X 10. A mais recente aconteceu na temporada de 2004, com uma amarga derrota por 24 X 21 para o New England Patriots.

Fundação: **1933**
Sede: **Filadélfia, Pensilvânia**
Divisão: **NFC Leste**
Cores:
Títulos no Super Bowl: **–**
Títulos pré-união AFL/NFL: **3**
Estádio: **Lincoln Financial Field**
Capacidade: **69.176 pessoas**

ÍDOLOS

Bert Bell (dirigente)
Brian Dawkins (S)
Chuck Bednarik (LB)
Donovan McNabb (QB)
Norm Van Brocklin (QB)
Randall Cunningham (QB)
Reggie White (DE)
Ron Jaworski (QB)
Steve Van Buren (RB)

PITTSBURGH STEELERS

O Steelers é o time mais vitorioso desde a criação do Super Bowl em 1967, com seis conquistas do troféu Vince Lombardi. Sua história, porém, remonta a tempos muito mais antigos. O clube foi fundado em 1933 por Art Rooney, um apaixonado por esportes que chegou a ser convidado para fazer parte da delegação americana nos Jogos Olímpicos de 1920.

O entusiasmo de seu fundador demorou a influenciar o histórico da equipe. Nas primeiras décadas, a franquia acumulou participações sem muito brilho. Quando entrou em campo na primeira temporada como Pittsburgh Pirates, em homenagem ao time de beisebol da cidade que já havia vencido a World Series, passou por momentos difíceis, incluindo até uma união forçada com Eagles e Cardinals na Segunda Guerra Mundial, devido à falta de jogadores.

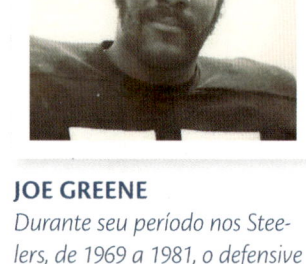

O nome Steelers surgiu oficialmente em 1940, desta vez homenageando a indústria local, mas o sucesso ainda aguardaria quase trinta anos para se realizar. Em 1969, o time contratou o lendário Chuck Noll para ser técnico principal. Noll realizou um trabalho fantástico, recrutando

JOE GREENE
Durante seu período nos Steelers, de 1969 a 1981, o defensive tackle ajudou o time a vencer quatro Super Bowls. Hoje, faz parte do Hall da Fama do Futebol Americano Profissional.

Da esquerda para a direita, cinco ídolos das décadas de 2000 e 2010: Troy Polamalu, James Harrison, Ben Roethlisberger, Jerome Bettis e Hines Ward.

1933
PITTSBURGH PIRATES

uniforme 1   uniforme 2

2016

uniforme 1   uniforme 2

atletas como Joe Greene, Terry Bradshaw e Franco Harris, que formaram a base de uma equipe dominante na década de 1970. O Steelers venceria quatro Super Bowls em seis anos. Com uma linha defensiva apelidada de Steel Curtain (Cortina de Aço), entrou para a história ao ficar 22 quartos (cinco jogos e meio) sem tomar um touchdown sequer em 1976.

O clube voltaria a viver uma grande fase na década de 2000, vencendo dois Super Bowls com um elenco repleto de astros, como o quarterback Ben Roethlisberger, o linebacker James Harrison, o wide receiver Hines Ward, o running back Jerome Bettis e o safety Troy Polamalu.

Fundação: **1933**
Sede: **Pittsburgh, Pensilvânia**
Divisão: **AFC Norte**
Cores: ■ ■ ▢
Títulos no Super Bowl: **6 (1974-5, 1978-9, 2005 e 2008)**
Títulos pré-união AFL/NFL: **-**
Estádio: **Heinz Field**
Capacidade: **68.400 pessoas**

ÍDOLOS
Chuck Noll (técnico) 🏈
Franco Harris (RB) 🏈
Hines Ward (WR)
Jack Lambert (LB) 🏈
Jerome Bettis (RB) 🏈
Joe Greene (DT) 🏈
Mel Blount (CB) 🏈
Terry Bradshaw (QB) 🏈
Troy Polamalu (S)

SAN FRANCISCO 49ERS

Fundado em 1946 por Tony Morabito, um magnata do setor madeireiro, os 49ers foram o primeiro clube das quatro grandes ligas norte-americanas a se estabelecer na Califórnia. O time surgiu na AAFC, a liga rival da NFL criada logo após a Segunda Guerra Mundial. A franquia ganhou o nome 49ers em homenagem aos garimpeiros que cruzaram os Estados Unidos em busca de riquezas na famosa Corrida do Ouro que dominou a região no ano de 1849. Por esse motivo seu apelido é Gold Rushers.

Ao aderirem à NFL em 1950, os 49ers trouxeram inovações para o esporte, sobretudo em termos táticos. A formação shotgun, por exemplo, foi popularizada pelos californianos e reina plenamente até hoje. Contudo, somente na virada da década de 1980 o time iniciou uma fase brilhante, com sucesso atrás de sucesso. A chegada do técnico Bill Walsh revolucionou o futebol americano, tanto fora de campo – com métodos empresariais de gestão –, quanto no gramado – com estratégias inovadoras como a West Coast Offense.

O grande trunfo de Walsh foi recrutar um jovem quarterback da Universidade de Notre Dame chamado Joe Montana. O jogador participou de 14 temporadas com os 49ers, sendo considerado por muitos o maior atleta de todos os tempos nessa posição. Entre 1981 e 1994, a liga testemunhou uma verdadeira dinastia nos gramados, com no-

JOE PERRY
O fullback Joe Perry foi uma das primeiras estrelas do clube, liderando a liga em jardas e touchdowns terrestres em 1953.

O wide receiver Jerry Rice (número 80) e o quarterback Joe Montana (número 16) formaram nos anos 1980 e 1990 uma das mais empolgantes duplas da história do esporte.

1946   2016

uniforme 1   uniforme 2   uniforme 1   uniforme 2   alternativo

mes como Montana, Jerry Rice, Charles Haley e Steve Young protagonizando grandiosos shows em campo – nada menos que cinco Super Bowls conquistados nesse período.

Após a virada do milênio, o time passou por um longo período de reconstrução e mostrou novo lampejo de sucesso quando venceu o título da NFC em 2012, perdendo posteriormente o Super Bowl XLVII para o Baltimore Ravens.

Fundação: **1946**
Sede: **Santa Clara, Califórnia**
Divisão: **NFC Oeste**
Cores:
Títulos no Super Bowl: **5 (1981, 1984, 1988-9 e 1994)**
Títulos pré-união AFL/NFL: **–**
Estádio: **Levi's Stadium**
Capacidade: **68.500 pessoas**

ÍDOLOS

Charles Haley (DE)
Jerry Rice (WR)
Joe Montana (QB)
Leo Nomellini (DT)
Patrick Willis (LB)
Ronnie Lott (DB)
Steve Young (QB)

SEATTLE SEAHAWKS

O sonho de ter uma grande equipe em Washington surgiu em 1972, quando um grupo de investidores denominado Seattle Professional Football Inc. ousou pedir uma franquia junto à NFL. Deu certo: em 1974 o comissário da liga, Pete Rozelle, concedeu o direito a esses homens de negócios e assim nasceu o Seattle Seahawks.

Em campo, o começo foi tumultuado, ainda que o elenco contasse com nomes de peso, como Steve Largent entre os recebedores. O sucesso só viria com a chegada do técnico Chuck Knox, contratado em 1983, que guiou a equipe à sua primeira participação nos playoffs, assim como ao seu primeiro título de divisão, em 1988.

A década de 1990 se provou turbulenta com uma incômoda escassez de participações nos playoffs, além da saída do técnico Chuck Knox e de planos de mudança do time para Los Angeles. Entre idas e vindas, o clube foi vendido para Paul Allen, um magnata da informática que tinha fortes laços com a cidade de Seattle. Isso viabilizou a construção de um novo estádio, bem como a grande virada da franquia, que começaria em 1999 com a contratação de Mike Holmgren para o cargo de técnico. A experiência e o sucesso adquiridos no Green Bay Packers ao longo da década de 1990 permitiram ao novo treinador fazer dos Seahawks um esquadrão competitivo.

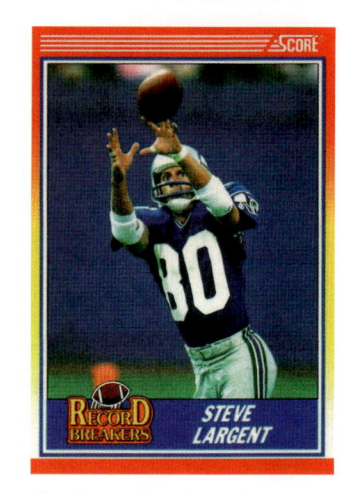

Com o realinhamento de divisões ocorrido na NFL em 2002, o time passou à NFC Oeste, onde se estabeleceu como potência desde então. A franquia revelaria excelência sobretudo na temporada de 2005, ao chegar até

O wide receiver Steve Largent bateu diversos recordes em sua carreira de 14 temporadas entre 1976 e 1989. O jogador está no Hall da Fama do esporte.

Na década de 2010, o time se notabilizou pela defesa muito forte, com atletas como Richard Sherman, K. J. Wright e Cliff Avril.

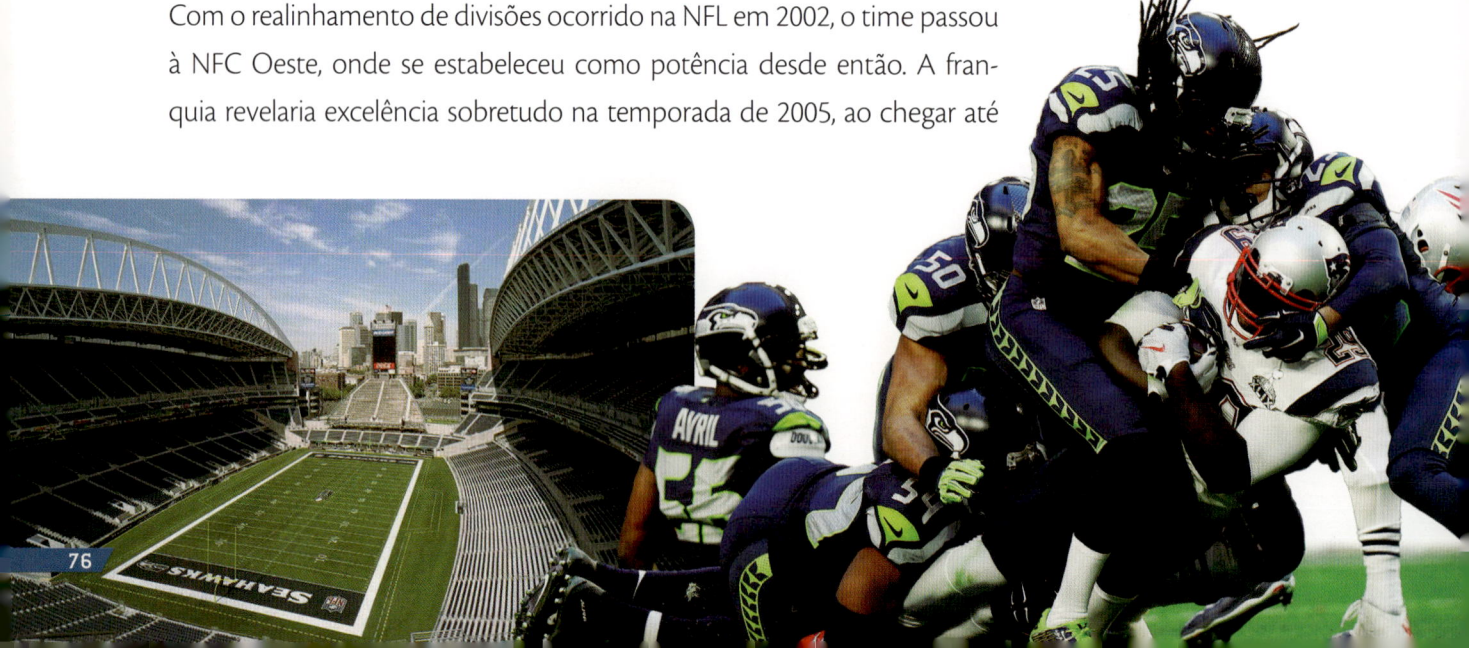

1976

uniforme 1   uniforme 2

2016

uniforme 1   uniforme 2   alternativo

o Super Bowl graças a grande atuação do running back Shaun Alexander e do quarterback Matt Hasselbeck. Mesmo perdendo na final para o Pittsburgh Steelers por 21 X 10, o time teve reconhecimento amplo da mídia e da torcida.

Após algumas temporadas inconstantes, o técnico Pete Carroll se juntou ao time em 2010. Ele realizou um trabalho notável no âmbito defensivo, consagrando a "secundária" com o apelido Legion of Boom. A coroação do esforço foi a vitória no Super Bowl XLVIII, quando a equipe conquistou seu primeiro título nacional.

O quarterback Russell Wilson (número 3) deu uma nova cara à equipe quando chegou em 2012.

Fundação: **1974**
Sede: **Seattle, Washington**
Divisão: **NFC Oeste**
Cores:
Títulos no Super Bowl: **1 (2013)**
Títulos pré-união AFL/NFL: **-**
Estádio: **CenturyLink Field**
Capacidade: **69 mil pessoas**

ÍDOLOS

Cortez Kennedy (DT)
Marshawn Lynch (RB)
Matt Hasselbeck (QB)
Richard Sherman (CB)
Russell Wilson (QB)
Shaun Alexander (RB)
Steve Largent (WR)
Walter Jones (OT)

TAMPA BAY BUCCANEERS

Na década de 1970, a NFL decidiu que era a hora de ampliar seu rol de franquias, concedendo uma para cada extremo do país. Assim, surgiram o Seattle Seahawks, no noroeste do território, e o Tampa Bay Buccaneers, no sudeste. O começo dos Buccaneers dentro de campo foi turbulento: 26 derrotas consecutivas, um recorde da NFL. A sorte começou a mudar pouco tempo depois, com títulos de divisão nas temporadas de 1979 e 1981, mas a equipe nunca experimentou sucesso na pós-temporada, incluindo a mística de sempre ser derrotada em jogos com temperatura abaixo de zero grau. Desses tempos difíceis, vale a menção à presença de Doug Williams, que anos mais tarde se consagraria como o primeiro quarterback negro a vencer um Super Bowl, jogando pelo Washington Redskins.

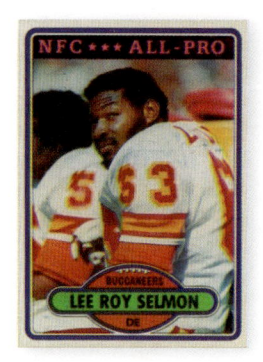

O defensive end Lee Roy Selmon atuou de 1976 a 1984 e foi o primeiro jogador da franquia eleito para o Hall da Fama do esporte.

Após uma longa seca de playoffs na década de 1980 e começo da década de 1990, a chegada do técnico Tony Dungy mudou a postura da equipe, equilibrando o ânimo dos jogadores, e também da torcida, depois de conquistar campanhas nos playoffs e novos títulos de divisão. O estilo defensivo do Tampa Bay durante esse período ganhou fama com o apelido Tampa 2 e é reproduzido até hoje por outros times da NFL. Mas ainda faltava uma vitória em Super Bowl. Ela viria com Jon Gruden, técnico de mentalidade ofensiva e de grande dedicação, famoso por dormir apenas três horas por noite. Logo em sua primeira temporada, no ano de 2002, ele reformulou o ataque e conduziu os Buccaneers ao seu primeiro e único troféu Vince Lombardi, no massacre por 48 X 21 contra o Oakland Raiders.

Eleito para o Hall da Fama do esporte, o defensive tackle Warren Sapp foi peça importante na conquista do Super Bowl XXXVII.

1976

uniforme 1 — uniforme 2

2016

uniforme 1 — uniforme 2 — alternativo

Ao longo das últimas três décadas, algumas equipes se consolidaram como os principais rivais do Tampa Bay Buccaneers: New Orleans Saints, Atlanta Falcons e, sobretudo, Carolina Panthers. Uma curiosidade: o estádio Raymond James, em Tampa, é um dos mais charmosos da liga, com uma réplica de navio pirata em plena arquibancada, capaz de disparar tiros de canhão quando a equipe marca seus touchdowns.

A franquia já teve vários kickers de origem latino-americana, como o argentino Martin Gramática (1999-2004) e o filho de mexicanos Roberto Aguayo (2016).

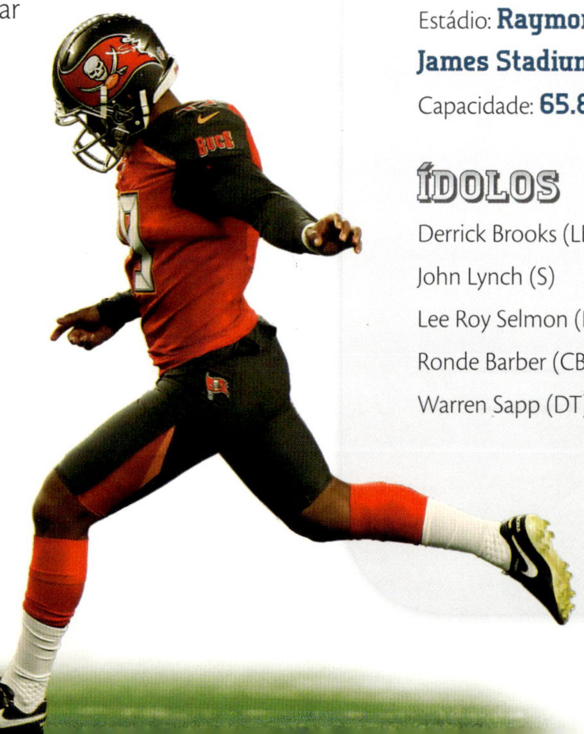

Fundação: **1976**
Sede: **Tampa, Flórida**
Divisão: **NFC Sul**
Cores:
Títulos no Super Bowl: **1 (2002)**
Títulos pré-união AFL/NFL: **–**
Estádio: **Raymond James Stadium**
Capacidade: **65.890 pessoas**

ÍDOLOS

Derrick Brooks (LB)
John Lynch (S)
Lee Roy Selmon (DE)
Ronde Barber (CB)
Warren Sapp (DT)

TENNESSEE TITANS

O time hoje conhecido como Tennessee Titans começou sua jornada a mais de 1.200 quilômetros de distância de Nashville, quando o empresário Bud Adams usou parte de sua fortuna com o petróleo para fundar o Houston Oilers. A sua força se provou logo de cara com um bicampeonato da AFL, em 1960 e 1961, assim como com o vice-campeonato no ano seguinte. Com um elenco bem-estruturado, os Oilers se tornaram o primeiro time da AFL a contratar um jogador que atuava pela NFL. Isso ocorreu quando o recebedor Willard Dewveall deixou o Chicago Bears para assinar com a equipe de Houston. Cabe aos Oilers também o mérito de ser o primeiro clube de futebol americano a ter um estádio coberto: o Astrodome, em Houston, inaugurado em 1965.

A união da AFL com a NFL aumentou o prestígio do time, mas os títulos cessaram. Após o começo arrasador na década de 1960, outro título de divisão só viria trinta anos depois. A grande mudança se deu em 1995. Buscando melhores condições de estádio, a diretoria passou a cogitar uma mudança de sede, e Nashville, no Tennessee, ganhou a preferência dos proprietários da franquia. A equipe fincou sua base na capital da música norte-americana em 1997, com o nome provisório de Tennessee Oilers e, em 1999, surgiria finalmente o Tennessee Titans. Apesar do nome completamente diferente do original, o clube preservou as estatísticas e o histórico dos Oilers, não sendo, portanto, considerado uma nova equipe pela NFL.

A torcida se empolgou com o novo estádio em Nashville e com a melhor campanha da história da franquia, quando o time foi campeão da AFC e disputou o Super Bowl contra o Saint Louis Rams. Nessa final, o quarterback

O running back Earl Campbell foi por três vezes consecutivas considerado o melhor atacante da NFL, de 1978 a 1980.

MARCUS MARIOTA
Vencedor do Troféu Heisman, o prêmio de melhor jogador universitário, em 2014, o quarterback chegou aos Titans em 2015 e deu uma nova cara à franquia.

Ambos eleitos para o Hall da Fama do Futebol Americano Profissional, o left guard Mike Munchak e o quarterback Warren Moon foram grandes estrelas do Houston Oilers nos anos 1980 e 1990, antes de a equipe virar Tennessee Titans.

1960
HOUSTON OILERS

uniforme 1   uniforme 2

2016

uniforme 1   uniforme 2   alternativo

Steve McNair e o wide receiver Kevin Dyson protagonizaram uma jogada nos últimos segundos que foi detida a alguns centímetros antes da endzone dos Rams pelo linebacker Mike Jones. Uma jarda a mais e os Titans teriam evitado a derrota no tempo regulamentar e levado o jogo para a prorrogação.

A equipe ainda apresentou força ao longo da década de 2000, faturando outros três títulos de divisão. Mas, na década de 2010, entrou em um período de vacas magras, mesmo contratando jogadores de talento, como o quarterback Marcus Mariota.

Fundação: **1960**
Sede: **Nashville, Tennessee**
Divisão: **AFC Sul**
Cores:
Títulos no Super Bowl: **–**
Títulos pré-união AFL/NFL: **2**
Estádio: **Nissan Stadium**
Capacidade: **69.143 pessoas**

ÍDOLOS

Bruce Matthews (OL)
Earl Campbell (RB)
Elvin Bethea (DE)
Jim Norton (S)
Mike Munchack (OL)
Steve McNair (QB)
Warren Moon (QB)

WASHINGTON REDSKINS

Fundado em 1932 pelo empresário George Preston Marshall, o time que conhecemos hoje como Washington Redskins nasceu com a alcunha de Boston Braves, jogando em Massachusetts e dividindo o campo com o clube de beisebol de mesmo nome. Com a migração, em 1933, para o estádio do Boston Red Sox, os fãs viram a primeira mudança na franquia: surgia o Boston Redskins. Quatro anos depois, em 1937, ano em que o time passou a jogar na capital do país, veio o nome definitivo: Washington Redskins.

Em sua primeira temporada na casa nova, o clube conquistou o título da NFL, feito que repetiria na temporada de 1942. Entre 1937 e 1945 os Redskins disputaram seis vezes o título nacional e se consolidaram entre as potências do futebol americano profissional. O quarterback Sammy Baugh, com seu estilo agressivo no jogo aéreo, ajudou a redefinir essa posição. A boa fase, entretanto, cessou após a derrota na disputa pelo título de 1945, e o time viveu uma seca de playoffs que durou mais de 25 anos.

Fora de campo, a equipe evoluía e foi a primeira a ter sua temporada totalmente exibida na televisão. A nota destoante, contudo, era a política discriminatória do dono, George Preston Marshall, que só em 1962 aceitou os primeiros jogadores negros no elenco.

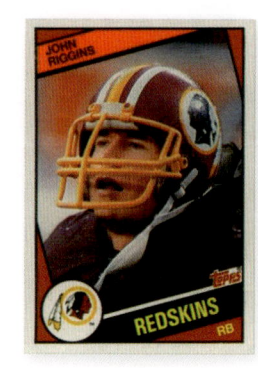

O running back John Riggins foi essencial na conquista do Super Bowl XVII, em janeiro de 1983.

SAMMY BAUGH
Detentor de vários recordes nas décadas de 1930 e 1940, o quarterback conduziu a equipe a dois títulos da NFL.

1932
BOSTON BRAVES

2016

uniforme 1   uniforme 2   alternativo

Nas décadas de 1960 e 1970, a franquia passou por altos e baixos. As vitórias só retornariam à equipe a partir da década de 1980, com a chegada do técnico Joe Gibbs. Três conquistas de Super Bowl vieram em dez anos, com estrelas como Joe Theismann, Mark Rypien, Art Monk e John Riggins conduzindo o time ao troféu nos Super Bowls XVII, XXII e XXVI.

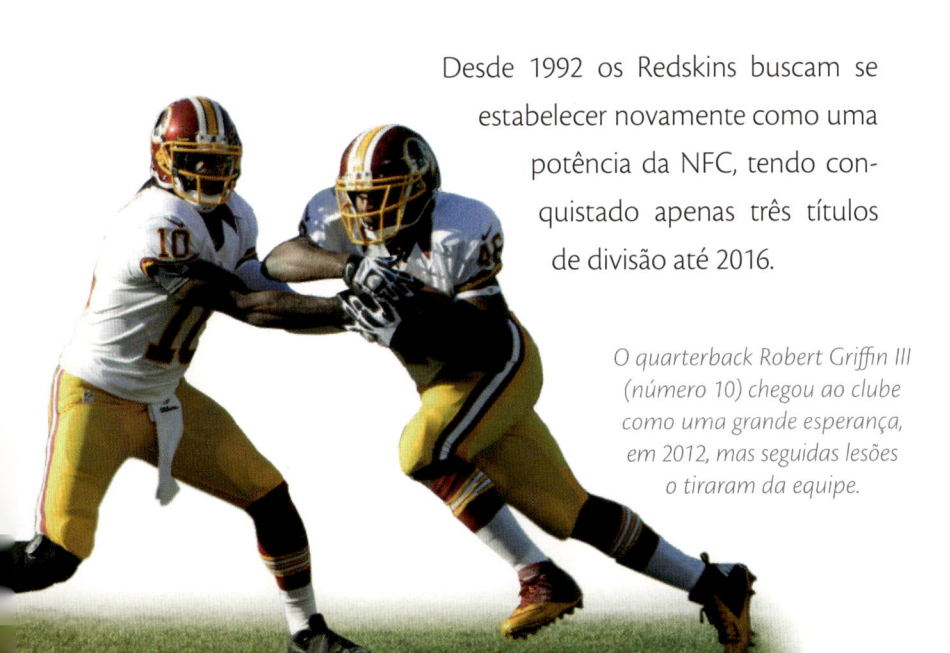

Desde 1992 os Redskins buscam se estabelecer novamente como uma potência da NFC, tendo conquistado apenas três títulos de divisão até 2016.

O quarterback Robert Griffin III (número 10) chegou ao clube como uma grande esperança, em 2012, mas seguidas lesões o tiraram da equipe.

Fundação: **1932**
Sede: **Landover, Maryland**
Divisão: **NFC Leste**
Cores: ▰ ▰ ▱
Títulos no Super Bowl: **3**
(1982, 1987 e 1991)
Títulos pré-união AFL/NFL: **2**
Estádio: **FedEx Field**
Capacidade: **82 mil pessoas**

ÍDOLOS

Art Monk (WR) 🏈
Joe Gibbs (técnico)
Joe Theismann (QB) 🏈
John Riggins (RB) 🏈
Larry Brown (RB)
Mark Rypien (QB)
Sam Huff (LB) 🏈
Sammy Baugh (QB) 🏈
Turk Edwards (T) 🏈

OS TIMES DO PASSADO

AKRON PROS | INDIANS

O Akron Pros foi o primeiro campeão da NFL, em 1920, quando a liga ainda se chamava American Professional Football Association, com a sigla APFA. Naquela temporada histórica, o clube de Ohio terminou o ano invicto, com oito vitórias e três empates, levando a taça pioneira do futebol americano profissional.

A equipe, na verdade, já existia desde 1908 como clube semiprofissional, e mudou de nome várias vezes conforme a empresa que a patrocinava. No final de 1919, fixou-se como Akron Pros e a alcunha só mudou novamente em 1925, ano em que o esquadrão voltou ao seu primeiro nome: Akron Indians.

O time acabou falindo em 1927, mas não sem deixar um importante legado. Os Pros tiveram em seu elenco o halfback e técnico Fritz Pollard – uma das figuras mais marcantes da história do futebol americano. Além de atleta notável, Pollard foi o primeiro negro a comandar um time profissional em 1922, assim como o mais antigo quarterback afrodescendente a figurar no Hall da Fama do Futebol Americano Profissional (eleito postumamente em 2005).

Os Pros foram os primeiros campeões da história da NFL (quando ainda se chamava APFA), com uma campanha de oito vitórias e três empates.

1920

Fundação: **1908 (amador)**
Última temporada: **1926**
Sede: **Akron, Ohio**
Cores:
Títulos: **1 (1920)**
Estádio: **League Park**
Capacidade: **5 mil pessoas**

ÍDOLOS

Al Nesser (OL)
Elgie Tobin (FB/B)
Fritz Pollard (HB/técnico)

BALTIMORE COLTS

Não confunda este Colts com o time de mesmo nome e uniforme azul que existe até hoje, com sede em Indianápolis. São franquias diferentes, que apenas compartilham o mesmo nome.

Os Colts que jogavam de verde nasceram em 1947 – acredite ou não – com o nome de Miami Seahawks. A ideia era participar da recém-criada liga rival da NFL, a AAFC, na qual já estavam clubes do calibre de San Francisco 49ers e Cleveland Browns.

No entanto, o time de Miami era fraco demais e logo no primeiro ano foi à bancarrota. Um grupo de empresários de Maryland comprou o espólio, levou os atletas para Baltimore e rebatizou a equipe. Eles chegaram a disputar uma temporada pela NFL e contaram, em uma das partidas, com o quarterback e kicker George Blanda – na época um novato desconhecido que anos depois se tornaria ídolo da NFL, atuando por Bears, Oilers e Raiders.

Em 1950, atolada em dívidas, a diretoria decidiu devolver a franquia à liga e os Colts de verde se extinguiram.

Bob Kelley  *Chet Mutryn*  *Y. A. Tittle*

> Apesar de fracassada, a franquia gerou ídolos para outros times, como Y. A. Tittle, que jogou nos 49ers e nos Giants, e Art Donovan, que fez fama no Baltimore Colts de Indianápolis.

1950

Fundação: **1947 (liga AAFC)**
Última temporada: **1950**
Sede: **Baltimore, Maryland**
Cores:
Títulos: **-**
Estádio: **Memorial Stadium**
Capacidade: **31 mil pessoas**

ÍDOLOS
Art Donovan (DT)
Y. A. Tittle (QB)

BOSTON BULLDOGS

Os buldogues de Boston foram, na verdade, uma tentativa de reviver a franquia recém-falida Pottsville Maroons. Em 1929, após a equipe da Pensilvânia ir à bancarrota, empresários da Nova Inglaterra compraram os direitos de jogar na NFL e ficaram com os seis melhores atletas do time.

Fundaram então o Bulldogs em Boston, com um elenco que inspirava pouca confiança e no qual havia uma única estrela: o fullback Tony Latone, considerado o recordista de jardas terrestres da liga na década de 1920 – ainda que não houvesse estatísticas oficiais chanceladas pela NFL naquele tempo.

Sem muito treinamento e com poucos atletas de peso, os Bulldogs conseguiram apenas o quinto lugar dentre as 12 equipes da liga em 1929, com quatro vitórias e quatro derrotas. Contudo, o que determinou seu fim foi mesmo a falta de dinheiro, em razão do baixo público pagante no Braves Field e da grande crise gerada pelo *crash* da Bolsa de Nova York em outubro daquele ano.

TONY LATONE
O grande astro dos Bulldogs foi o fullback Tony Latone. Filho de lituanos, largou os estudos na quinta série e se tornou o líder da NFL na década de 1920 no quesito ataque terrestre, com 2.648 jardas em seis temporadas.

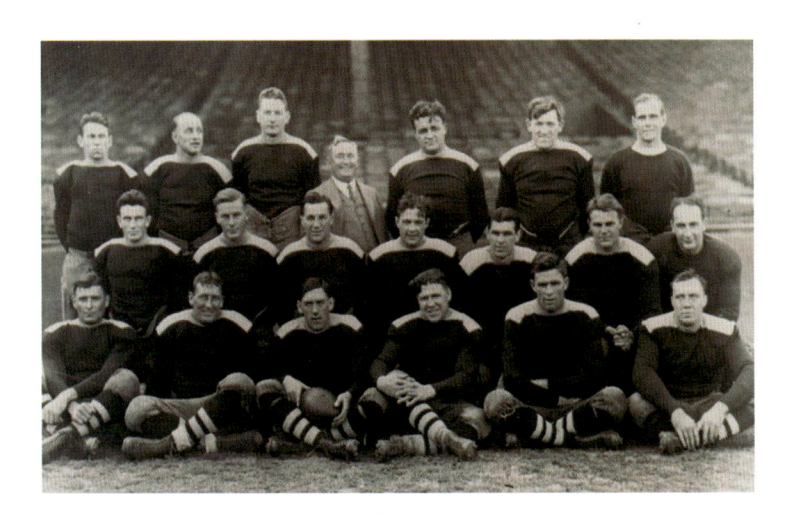

1929

Fundação: **1929**
Última temporada: **1929**
Sede: **Boston, Massachusetts**
Cores:
Títulos: **-**
Estádio: **Braves Field**
Capacidade: **40 mil pessoas**

ÍDOLO

Tony Latone (FB)

BOSTON YANKS

Para quem conhece hoje a rivalidade que existe entre as duas cidades pode parecer loucura, mas é verdade: houve certa vez um time em Boston que homenageava os Yankees, de Nova York. Sim, a ideia inicial do fundador da equipe, o empresário nova-iorquino Ted Collins, era ter uma equipe de futebol americano profissional na Big Apple, jogando no icônico Yankee Stadium. No entanto, a NFL da década de 1940 achava que seria concorrência demais para os Giants na cidade. Assim, em 1944, Collins fundou os Yanks (assim mesmo, sem "ees" no fim) na arquirrival Boston.

A franquia nunca teve sucesso. Em cinco anos de vida não angariou uma temporada sequer com mais vitórias que derrotas – mesmo tendo o privilégio da primeira escolha no draft universitário por duas vezes nesse período. Como já conhecido, o draft universitário é o processo de recrutamento de jogadores universitários pelos times profissionais da NFL.

Na temporada de 1945, devido à escassez de jogadores por conta do recrutamento de jovens para a Segunda Guerra Mundial, os Yanks se uniram temporariamente aos Tigers, do Brooklyn (Nova York). Dois anos depois, finalmente a NFL permitiu a Ted Collins ter uma franquia em Nova York – o New York Bulldogs. Assim, o empresário simplesmente decretou a extinção dos Yanks e bandeou-se para a Big Apple.

No final de 1948, Ted Collins decretou o fim da equipe ao conseguir, finalmente, a permissão para abrir uma franquia na sua amada Nova York – o New York Bulldogs.

1944

Fundação: **1944**
Última temporada: **1948**
Sede: **Boston, Massachusetts**
Cores:
Títulos: **-**
Estádio: **Fenway Park**
Capacidade: **34 mil pessoas**

ÍDOLOS

Frank Dancewicz (QB)
Vaughn Mancha (C)

BROOKLYN DODGERS | TIGERS

A maior façanha desta equipe não foi vencer alguma final ou bater algum recorde em campo. Os Dodgers entraram para a história por protagonizarem a primeira partida da NFL exibida na televisão, em 22 de outubro de 1939.

Naquela tarde, o clube venceu o Philadelphia Eagles por 23 X 14, com transmissão ao vivo pela NBC para toda a região de Nova York, onde cerca de quinhentas pessoas já tinham aparelhos de TV em casa. Foi um marco que desencadeou uma mudança importante no cenário esportivo dos Estados Unidos. A maioria dos historiadores atribui à chegada da TV a grande ascensão da NFL, que começou a ameaçar o beisebol na preferência dos cidadãos norte-americanos.

Afora esse feito, os Dodgers nunca tiveram muito destaque, mesmo "emprestando" o nome do famoso time de beisebol da Big Apple. Nem mesmo no período de três anos, entre 1932 e 1934, quando seu quarterback era Benny Friedman, futuro membro do Hall da Fama do Futebol Americano Profissional.

No início da década de 1940, o time entrou em declínio e chegou a mudar seu nome para Tigers, em 1944, e depois se fundiu ao Boston Yanks, mas não resistiu e teve sua extinção decretada em 1945.

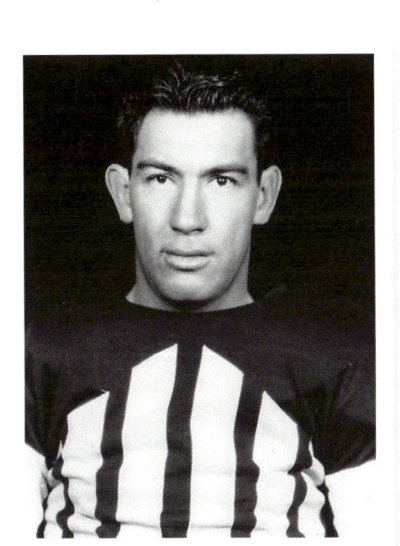

1930

Fundação: **1930**
Última temporada: **1944**
Sede: **Nova York, Nova York**
Cores:
Títulos: –
Estádio: **Ebbets Field**
Capacidade: **35 mil pessoas**

ÍDOLOS
Benny Friedman (QB)
Clarence "Ace" Parker (QB/HB)
Morris "Red" Badgro (E)

ACE PARKER
O maior astro da história do clube foi o quarterback e halfback Clarence "Ace" Parker, que jogou de 1937 a 1941. Na época em que os mesmos atletas jogavam no ataque e na defesa, ele chegou a ser líder da NFL em jardas de passe (1938) e interceptações (1940).

BROOKLYN LIONS

Os Lions de Nova York são um exemplo das várias bizarrices surgidas no início do profissionalismo do futebol americano. A equipe foi criada em 1926 de forma "artificial", simplesmente para não deixar que outro time do Brooklyn, os Horsemen, da liga rival AFL, usasse o então icônico estádio Ebbets Field.

Por esse motivo, a equipe era apenas um ajuntamento de atletas que não tinham conseguido posição nos demais clubes da NFL. Não havia sede, nem campo de treinamento, ou algum tipo de organização. Não é à toa que em 1926, no único campeonato que disputou, perdeu oito partidas das 11 disputadas. Seu único destaque foi Rex Thomas, que mostrou boas atuações como corredor, recebedor e defensor (quatro interceptações naquele ano).

Ironia do destino: nas partidas derradeiras, o time contou com parte do elenco dos Horsemen, que havia falido semanas antes.

A casa do Lions era o Ebbets Field, que foi demolido em 1960. Sua arquitetura, porém, inspirou o Citi Field, atual estádio do time de beisebol New York Mets.

1926

Fundação: **1926**
Última temporada: **1926**
Sede: **Nova York, Nova York**
Cores:
Títulos: **-**
Estádio: **Ebbets Field**
Capacidade: **35 mil pessoas**

ÍDOLO
Rex Thomas (WB)

BUFFALO ALL-AMERICANS | BISONS

Imagine uma equipe esportiva que, ao longo de 14 anos de existência, tenha mudado de nome seis vezes. Esse é o time de futebol americano que representou a cidade de Buffalo na NFL da década de 1920.

A equipe iniciou sua história, ainda como amadora, sob a alcunha de Buffalo All-Stars (1915-1917). Em seguida mudou para Buffalo Niagaras (1918) e Buffalo Prospects (1919). Já na NFL, passou a chamar-se Buffalo All-Americans (1920-1923) e converteu-se, posteriormente, em Buffalo Bisons (1924-1925) e Buffalo Rangers (1926). No fim de sua existência, voltou a ser Buffalo Bisons (1927-1929).

Em termos de resultados, o time de Buffalo teve um início triunfal na NFL, com nove vitórias, um empate e uma derrota em 1920 – fato que leva muitos, até hoje, a acreditarem que o time deveria ter sido declarado campeão – pelos critérios da época, ficou em segundo lugar. Nos anos seguintes, teve início um lento declínio até a extinção por falta de dinheiro após o *crash* da Bolsa em 1929.

O center Lud Wray foi um dos principais jogadores dos Bisons, mas ganhou fama na década de 1930 ao ajudar a fundar o Philadelphia Eagles.

1920

Fundação: **1915 (amador)**
Última temporada: **1929**
Sede: **Buffalo, Nova York**
Cores:
Títulos: **-**
Estádio: **Bison Stadium**
Capacidade: **14 mil pessoas**

ÍDOLOS
Benny Boynton (QB)
Lud Wray (C)
Walter Koppisch (HB)

> "É como se houvesse 22 técnicos em campo."
>
> – Robert W. Maxwell, do jornal nova-iorquino *Evening Public Ledger,* sobre o jogo contra o Canton Bulldogs, em 4 de dezembro de 1920.

CANTON BULLDOGS

O mais importante e bem-sucedido time dos primórdios da NFL – assim pode ser definido o Canton Bulldogs. A equipe já era profissional desde 1905, atuando na liga local de Ohio, onde conquistou quatro títulos – dois deles em temporadas invictas.

Seus dirigentes estavam entre os fundadores da APFA, a futura NFL. Assim, o time se notabilizou como uma força dos primeiros anos da liga. Nela, os Bulldogs foram bicampeões invictos, com vitórias em 1922 e 1923.

Ao longo de sua existência contou com seis jogadores que figuram hoje no Hall da Fama do Futebol Americano Profissional. Por falar nisso, é na própria cidade de Canton que fica localizado o Hall da Fama. Entre seus astros sobressai uma das maiores figuras do esporte norte-americano, o multiatleta **Jim Thorpe**.

Apesar dos fulminantes primeiros anos dentro de campo, erros de gerenciamento levaram o clube a ter vida curta. A franquia faliu no começo de 1927, tendo disputado apenas seis temporadas da APFA/NFL.

1920

Fundação: **1904**
Última temporada: **1926**
Sede: **Canton, Ohio**
Cores:
Títulos: **2 (1922 e 1923)**
Estádio: **League Park**
Capacidade: **21 mil pessoas**

ÍDOLOS

Guy Chamberlin (HB/E)
Jim Thorpe (B)
Wilbur "Pete" Henry (T)
William Lyman (T)

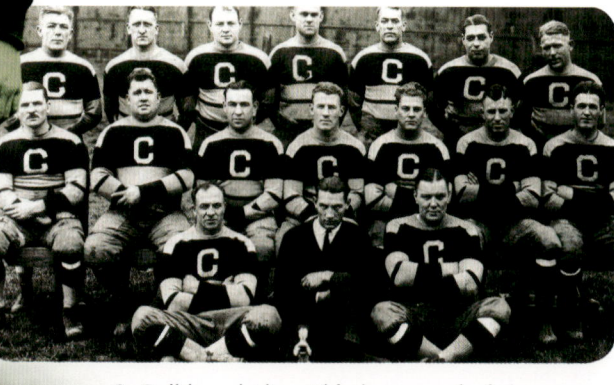

Os Bulldogs detêm até hoje o recorde de jogos consecutivos sem nenhuma derrota. Foram 25 partidas (22 vitórias e três empates) entre 1922 e 1923.

CHICAGO TIGERS

A curta história de apenas um ano dessa equipe de Illinois é cravada de curiosidades. A começar pelo fato de um clube desconhecido e semiprofissional ter recebido o aval para disputar suas partidas no icônico Wrigley Field – na época chamado de Cubs Park –, um dos templos sagrados do beisebol, esporte que era febre na década de 1920.

A segunda curiosidade é a forma de jogar dos Tigers, já que foi um dos raríssimos times do começo do século XX a privilegiar o jogo aéreo, com dois atletas em campo capazes de fazer bons lançamentos: o quarterback Milt Ghee e o halfback Johnny Barrett (ambos com menos de 1,75 metro de altura).

PAUL DES JARDIEN
O center Paul Des Jardien foi um dos raros atletas de destaque dos Tigers. Oriundo da Universidade de Chicago, também jogava beisebol e basquete e figura hoje no Hall da Fama do Futebol Americano Universitário.

Finalmente, o motivo pelo qual o time terminou: uma aposta do proprietário, Guil Falcon, com o dono do rival Chicago Cardinals, Chris O'Brien. Segundo a lenda, o time que perdesse o duelo que aconteceria na temporada de 1920 deveria encerrar suas atividades. Os Tigers perderam por 6 X 3 para os Cardinals.

1920

Fundação: **1920**
Última temporada: **1920**
Sede: **Chicago, Illinois**
Cores:
Títulos: **-**
Estádio: **Wrigley Field**
Capacidade: **15 mil pessoas**

ÍDOLOS
Johnny Barrett (HB)
Milt Ghee (QB)
Paul Des Jardien (C)

CINCINNATI CELTS

Apesar de ostentar o nome da cidade de Cincinnati, este clube do estado de Ohio era um dos chamados *traveling teams* – ou seja, equipes sem estádio que jogavam somente na casa do adversário.

Antes da fundação da APFA, o time teve um passado digno de nota na liga semiprofissional de Ohio. A entrada no futebol americano profissional de nível nacional foi demais para os garotos de Cincinnati. Sem estrutura e com jogadores que tinham outras profissões e não treinavam o suficiente, os Celts acabaram fazendo apenas quatro partidas na temporada de estreia, em 1921, perdendo três delas. O clube faliu antes mesmo de iniciar seu segundo ano na NFL.

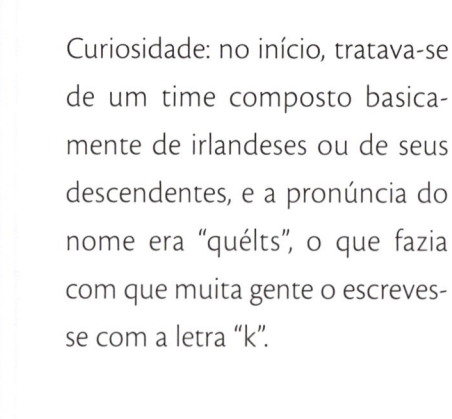

Curiosidade: no início, tratava-se de um time composto basicamente de irlandeses ou de seus descendentes, e a pronúncia do nome era "quélts", o que fazia com que muita gente o escrevesse com a letra "k".

1921

Fundação: **1910 (amador)**
Última temporada: **1921**
Sede: **Cincinnati, Ohio**
Cores:
Títulos: **–**
Estádio: **time itinerante**
Capacidade: **–**

ÍDOLOS

George Munns (QB)
Mel Doherty (C)

GEORGE MUNNS
O quarterback George Munns foi um dos poucos destaques dos Celts em sua única temporada, mas as estatísticas de seus touchdowns são desconhecidas, pois a APFA não mantinha registros naquele tempo.

CINCINNATI REDS

Os Reds fizeram parte do enorme grupo de clubes que não sobreviveram à reestruturação da NFL no começo da década de 1930. A equipe disputou apenas um campeonato inteiro, em 1933 (justamente o ano no qual os regulamentos foram modificados visando à saúde financeira da liga). Logo no ano seguinte, sua extrema desorganização fora de campo levou a equipe a ficar devendo o dinheiro das taxas da liga, fato que a NFL não perdoou. O time foi expulso do campeonato de 1934 após fazer oito dos 11 jogos previstos.

Mais de oitenta anos após sua extinção, um recorde nada edificante acompanha os Reds nas páginas dos livros de história da NFL até hoje: nunca um time fez tão poucos pontos ao longo de duas temporadas – foram apenas 38 pontos nos dez jogos de 1933 e 37 nas oito partidas de 1934. Sem um quarterback definido em campo, a equipe não marcou um touchdown aéreo sequer em toda a sua existência, cometendo 24 interceptações.

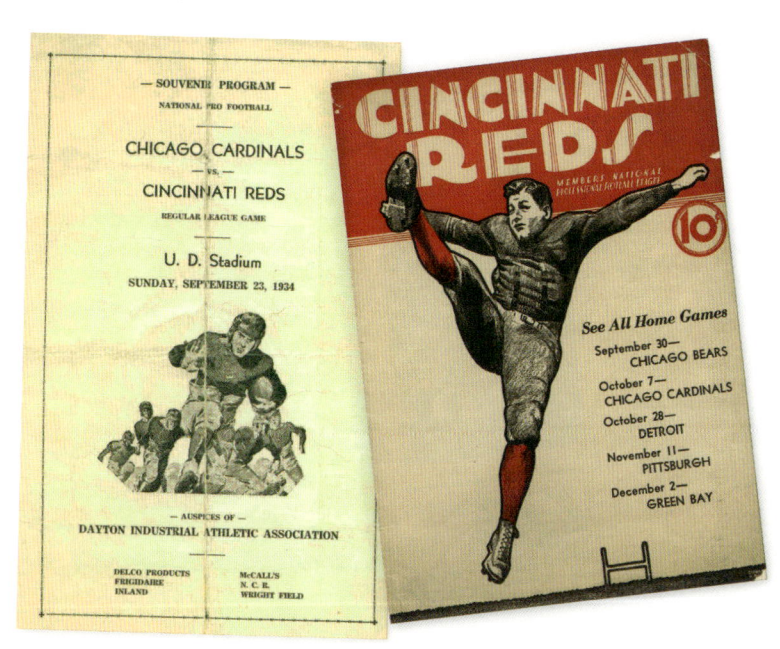

1933

Fundação: **1933**
Última temporada: **1934**
Sede: **Cincinnati, Ohio**
Cores: ▱ ▰
Títulos: **–**
Estádio: **Crosley Field**
Capacidade: **26 mil pessoas**

Os Reds fizeram apenas oito partidas em 1934 e não venceram nenhuma. Sua melhor performance foi contra os Cardinals, quando perderam por apenas 9 X 0.

CLEVELAND INDIANS

No começo da década de 1930, a NFL já havia visto dois clubes diferentes com o nome Cleveland Indians passarem por suas fileiras. E haveria de testemunhar uma terceira tentativa, de longe, a pior de todas.

O Cleveland Indians fundado em 1931 não tinha nenhuma relação com os clubes anteriores de mesmo nome e seu retrospecto pífio deixou isso bem claro. A equipe fez dez partidas naquele ano, perdendo oito e vencendo apenas duas. Seu técnico e quarterback era o veterano **Hoge Workman**, ex-estrela do futebol universitário, pela Universidade Estadual de Ohio.

Mesmo assim, nem ele conseguiu fazer a equipe dos Indians decolar. Na verdade, o clube era uma espécie de "tapa-buraco", destinado apenas a justificar a construção de um monumental estádio municipal para 83 mil pessoas na maior cidade de Ohio, enquanto outras franquias "sérias" não apareciam para ocupá-lo. Este é um retrato dos tempos malucos pelos quais passou a NFL em seus primórdios.

O Cleveland Stadium foi a razão da criação do terceiro time batizado de Indians na principal cidade de Ohio.

1931

Fundação: **1931**
Última temporada: **1931**
Sede: **Cleveland, Ohio**
Cores:
Títulos: **-**
Estádio: **Cleveland Stadium**
Capacidade: **83 mil pessoas**

CLEVELAND INDIANS | BULLDOGS

Este é outro Cleveland Indians, com nome igual ao da página anterior (e prepare-se, pois ainda vem um terceiro homônimo pela frente!).

Talvez esta seja a equipe de história mais complexa de toda a NFL. Surgiu em 1923, por obra do promotor de lutas de boxe Sam Deutsch. No ano seguinte, ele teve a grande ousadia de comprar o timaço do Canton Bulldogs, integrar seus jogadores aos Indians e rebatizar o resultado de Cleveland Bulldogs. Não deu outra: com sete vitórias, uma derrota e um empate, a superequipe se sagrou campeã da NFL de 1924.

Mas a alegria durou pouco. Inexplicavelmente, Deutsch separou as duas equipes e devolveu parte do elenco à cidade de Canton. Assim, os novos Bulldogs, enfraquecidos, tiveram temporadas fracas até sua extinção, antes do torneio de 1928.

Vale destacar a passagem do quarterback Benny Friedman pelo time, que mais tarde se tornaria um astro do New York Giants.

1927

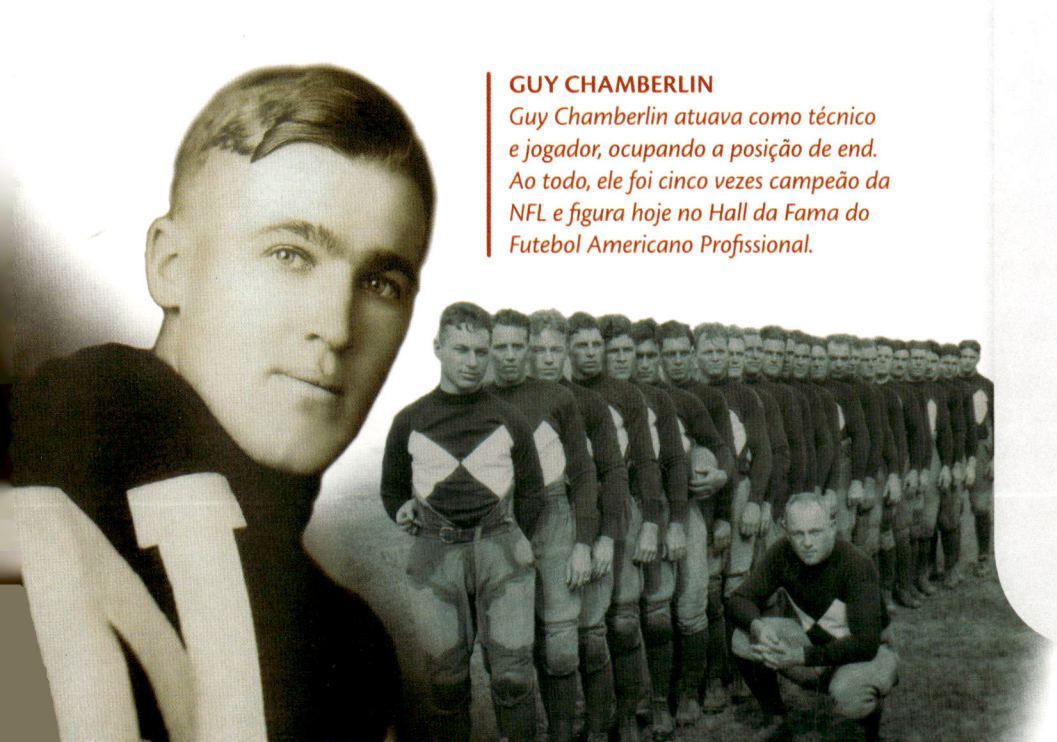

GUY CHAMBERLIN
Guy Chamberlin atuava como técnico e jogador, ocupando a posição de end. Ao todo, ele foi cinco vezes campeão da NFL e figura hoje no Hall da Fama do Futebol Americano Profissional.

Fundação: **1923**
Última temporada: **1927**
Sede: **Cleveland, Ohio**
Cores:
Títulos: **1 (1924)**
Estádio: **Dunn Field**
Capacidade: **21 mil pessoas**

ÍDOLOS

Benny Friedman (QB)
Guy Chamberlin (HB/E)
Link Lyman (T)
Steve Owen (T/G)

CLEVELAND TIGERS | INDIANS

Os Tigers surgiram na fase áurea da Liga Profissional do Estado de Ohio, aquela que acabaria por inspirar a criação da primeira liga nacional de futebol americano, a APFA, depois rebatizada de NFL. Por sinal, o time ajudou a fundar a nova entidade.

No primeiro ano da APFA, os Tigers foram comprados por Jimmy O'Donnel, então dono do time de beisebol local Cleveland Indians, e ele decidiu dar o mesmo nome ao esquadrão de futebol americano. Mas não confunda esta equipe com outros dois clubes de mesmíssimo nome que vieram mais tarde.

Assim, renomeado como Indians, o time disputou duas temporadas com pouco destaque dentro de campo. Muitos historiadores apontam uma simples lesão de um jogador como a razão para a morte do time: em 1921, ninguém menos que o célebre Jim Thorpe foi contratado para dar um upgrade na equipe. Contudo, o multiatleta e medalhista olímpico quebrou uma costela na sua segunda partida e, depois disso, os Indians só perderam. O time foi extinto antes do começo do campeonato de 1922 devido à falta de dinheiro.

JOE GUYON
O halfback Joe Guyon era um índio da tribo Chippewa que cursou o Instituto de Tecnologia da Georgia e se tornou astro da NFL, figurando hoje no Hall da Fama do Futebol Americano Profissional.

1920

Fundação: **1916**
Última temporada: **1921**
Sede: **Cleveland, Ohio**
Cores: ▱ ▰
Títulos: **–**
Estádio: **League Park**
Capacidade: **21 mil pessoas**

ÍDOLOS
Jim Thorpe (B)
Joe Guyon (HB)

COLUMBUS PANHANDLES | TIGERS

Apesar de nunca ter vencido um campeonato, nem ter produzido jogadores célebres, a equipe de Columbus, Ohio, ganhou fama por ter participado da primeira partida da história da NFL, em 3 de outubro de 1920, época em que a liga ainda se chamava American Professional Football Association. Naquela data, os Panhandles perderam por 14 X 0 para o Dayton Triangles.

O presidente do time, Joe Carr, é considerado uma das pessoas mais importantes na história da estruturação da liga e, por isso, figura no Hall da Fama do Futebol Americano Profissional. Carr, que era jornalista esportivo, transformou em algo "sério" a equipe criada por pura diversão pelos funcionários da companhia ferroviária municipal.

Em 1922, o time mudou o nome para Tigers, mas seu desempenho caiu. Em sete temporadas na NFL, a melhor colocação foi o décimo lugar, em 1923. Como não tinha estádio, só jogava fora de casa, o que reduzia muito o faturamento com a bilheteria. Assim, sem dinheiro, o time faliu em 1926.

1920

Fundação: **1901 (amador)**
Última temporada: **1926**
Sede: **Columbus, Ohio**
Cores:
Títulos: –
Estádio: **time itinerante**
Capacidade: –

ÍDOLOS

Boni Eli Petcoff (T)
Joe Carr (dirigente)

Em 1921, os Panhandles conseguiram apenas três vitórias, ficando na 17ª colocação entre os vinte times da APFA. Em toda a sua passagem pela NFL, nunca foi além do décimo lugar na tabela.

DALLAS TEXANS

Houve dois Dallas Texans na história do futebol americano profissional. Um deles, fundado em 1960, mudou de cidade e deu origem ao Kansas City Chiefs. O outro é este, fundado em 1952 e de curtíssima existência, pois foi extinto no final do mesmo ano.

O Texans foi obra de um grupo de milionários texanos cujo sonho era criar uma franquia de vulto em Dallas, até então uma cidade desprovida de representantes de peso nas grandes ligas esportivas americanas.

O investimento, no entanto, não cativou o coração dos texanos: a equipe nunca levou mais de 17 mil espectadores ao estádio Cotton Bowl, que tinha capacidade para quatro vezes mais que isso.

Com um retrospecto de uma vitória e 11 derrotas, a equipe figura nos livros como uma das piores de toda a história da NFL. Apesar disso, alguns de seus jogadores posteriormente se tornaram astros em outras franquias.

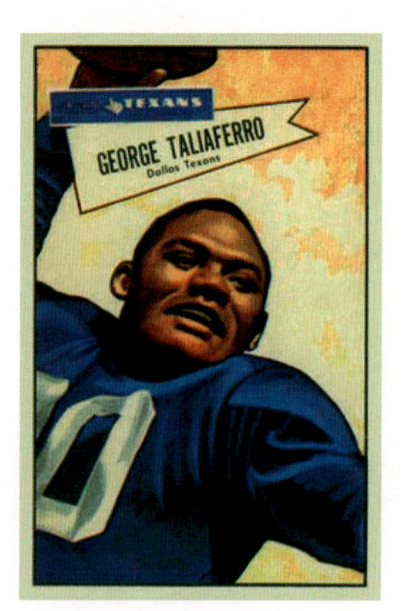

GEORGE TALIAFERRO
Único jogador do Dallas Texans eleito para o Pro Bowl, o jogo anual das estrelas do futebol americano que se destacaram na temporada do ano anterior. George Taliaferro foi também o primeiro afrodescendente recrutado no draft universitário por um time da NFL.

1952

Fundação: **1952**
Última temporada: **1952**
Sede: **Dallas, Texas**
Cores:
Títulos: **—**
Estádio: **Cotton Bowl**
Capacidade: **75 mil pessoas**

ÍDOLOS
Art Donovan (DT)
George Taliaferro (HB)
Gino Marchetti (DE)

DAYTON TRIANGLES

Os Triangles foram uma das mais importantes equipes da liga profissional do estado de Ohio – a precursora da NFL no começo do século XX.

Criado por funcionários da indústria de peças automobilísticas Delco, o clube participou da fundação da NFL em 1920 (quando ela ainda era chamada American Professional Football Association). Mais do que isso, os Triangles protagonizaram a primeira partida da história do futebol americano profissional em nível nacional, no dia 3 de outubro de 1920, com uma vitória por 14 X 0 sobre o Columbus Panhandles.

Paradoxalmente, todo o sucesso da era pré-NFL se esvaiu nos anos seguintes. O time nunca foi além do sexto lugar em dez temporadas disputadas. Nos seus últimos cinco anos de vida, somou apenas duas vitórias contra trinta derrotas. E acabou falindo após o *crash* da Bolsa em 1929.

1920

GREASY NEALE
O treinador Greasy Neale foi eleito para o Hall da Fama do Futebol Americano Profissional por seus feitos à frente de diversas equipes da NFL na década de 1920, incluindo o Dayton Triangles.

Fundação: **1913 (amador)**
Última temporada: **1929**
Sede: **Dayton, Ohio**
Cores:
Títulos: –
Estádio: **Triangle Park**
Capacidade: **5 mil pessoas**

ÍDOLO
Greasy Neale (técnico)

DETROIT HERALDS

Muito pouco se sabe sobre esta equipe profissional que durou apenas uma temporada nos jogos de nível nacional. Os Heralds surgiram em 1905 como um time amador de ex-alunos da Universidade de Detroit. Seis anos depois veio o semiprofissionalismo, com os atletas recebendo para participar de jogos da liga profissional de Ohio (que, como se pode ver, aceitava times de outros estados).

Em 1920, quando finalmente foi organizada a APFA, o clube foi convidado para o primeiro torneio da entidade. Em quatro partidas, três derrotas. Na época, vários jogos foram cancelados em razão das condições climáticas.

Precariamente administrado, o time ficou devendo dinheiro a atletas e promotores de jogos, a ponto de ser obrigado a mudar de dono, uniforme e nome, convertendo-se em Detroit Tigers para a temporada de 1921.

Um dos poucos jogadores bem conhecidos dos Heralds foi o tackle Hugh Lowery, célebre por ter sido piloto de avião na Primeira Guerra Mundial.

1920

Fundação: **1905 (amador)**
Última temporada: **1920**
Sede: **Detroit, Michigan**
Cores:
Títulos: **-**
Estádio: **Navin Field**
Capacidade: **23 mil pessoas**

DETROIT TIGERS

Muitos historiadores não consideram os Tigers um time de história própria, mas apenas uma evolução do Detroit Heralds. Afinal, durou apenas um ano, em 1921, depois de ter herdado todos os jogadores da outra equipe, assim como o campo de jogo.

De todo modo, vale mencionar a curiosa trajetória desse clube, que copiou seu nome de outro esporte: os Tigers do beisebol jogavam havia tempo na consolidada American League.

O time de futebol americano iniciou bem a temporada de 1921, com uma vitória e um empate. Contudo, o dinheiro findou-se e, sem salários, os jogadores começaram a debandar. Seguiram-se então cinco derrotas e a falência definitiva, no final do campeonato.

Mais célebre que o time em si ficou o seu estádio, o Navin Field, que foi a casa da equipe de beisebol de mesmo nome, assim como do Detroit Lions, da NFL, décadas depois. Rebatizado de Tiger Stadium, ele resistiu até 2009, ano em que, sob o protesto da população, foi demolido.

Durante o seu único ano na NFL, os Tigers usaram o Navin Field, estádio de beisebol de mesmo nome, que depois seria rebatizado de Tiger Stadium.

1921

Fundação: **1921**
Última temporada: **1921**
Sede: **Detroit, Michigan**
Cores: ▰ ▰ ▰
Títulos: **-**
Estádio: **Navin Field**
Capacidade: **23 mil pessoas**

DETROIT PANTHERS

Na conturbada década de 1920, times de futebol americano profissional surgiam e desapareciam com uma rapidez surpreendente. E foi assim com esta equipe fundada em Detroit no ano de 1925. Seu criador era o técnico e quarterback Jimmy Conzelman, que agregou excelentes jogadores em torno de si.

Em 1925, os Panthers conseguiram a façanha de ficar em terceiro lugar na classificação do campeonato da NFL que contava com vinte clubes. O elenco tinha o diligente fullback Dinger Doane, autor de mais da metade dos touchdowns nos dois anos de história do Detroit Panthers.

Apesar do bom nível dos atletas, o time era precariamente organizado fora de campo, o que gerou dívidas e minou a empolgação de Conzelman. A equipe nunca conseguiu levar mais de 3 mil torcedores ao Navin Field. Por isso, no final de 1926, ele simplesmente abandonou o clube em troca de um emprego como jogador e técnico do Providence Steamroller. E, assim, os Panthers extinguiram-se tão rapidamente quanto surgiram na NFL.

JIMMY CONZELMAN
Quase quatro décadas depois de criar o Detroit Panthers, em 1964, Jimmy Conzelman seria eleito para o Hall da Fama do Futebol Americano Profissional por sua contribuição como treinador e dirigente de várias equipes.

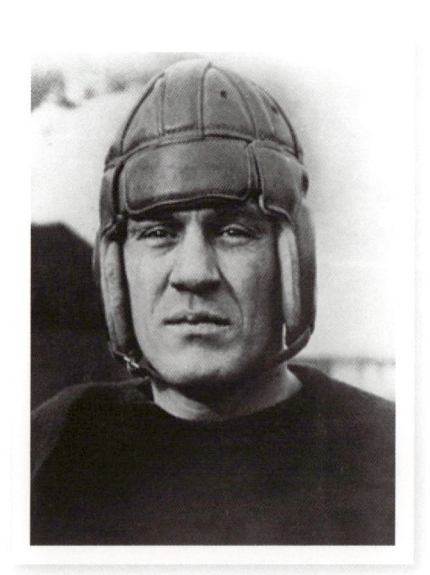

1926

Fundação: **1925**
Última temporada: **1926**
Sede: **Detroit, Michigan**
Cores:
Títulos: **-**
Estádio: **Navin Field**
Capacidade: **23 mil pessoas**

ÍDOLOS
Dinger Doane (FB)
Jimmy Conzelman (técnico/QB)

DETROIT WOLVERINES

Os Wolverines foram uma tentativa de reviver o vitorioso Cleveland Bulldogs em outra cidade, com outro nome, mas com os mesmos jogadores: nada menos que 12 atletas fizeram as malas e se mudaram de Ohio para Michigan, acompanhando a franquia. Por isso, a equipe chegou bem cotada à temporada de 1928, levando um bom público ao estádio da Universidade de Detroit.

Na primeira metade do campeonato, o time angariou vitórias notáveis sobre o forte Chicago Bears e sobre o New York Giants – esta última por 28 X 0. Mesmo assim, duas derrotas inesperadas para o Frankford Yellow Jackets e para o Providence Steamroller roubaram a chance de vencer o campeonato, que era disputado na forma de pontos corridos.

No final, os Wolverines ficaram com um honroso terceiro lugar no torneio, à frente de Packers, Bears, Giants e Cardinals. O então proprietário do New York Giants, Tim Mara, gostou tanto do que viu que simplesmente comprou o time inteiro e o fundiu com a sua equipe de Nova York.

BENNY FRIEDMAN
O quarterback dos Wolverines, Benny Friedman, posteriormente foi considerado um dos maiores jogadores de todos os tempos ao atuar pelos Giants e pelo Brooklyn Dodgers e está no Hall da Fama do Futebol Americano Profissional.

1928

Fundação: **1928**
Última temporada: **1928**
Sede: **Detroit, Michigan**
Cores:
Títulos: **-**
Estádio: **Universidade de Detroit**
Capacidade: **25 mil pessoas**

ÍDOLOS

Benny Friedman (QB)
Carl Bacchus (E/K)
Tiny Feather (FB)

DULUTH KELLEYS | ESKIMOS

Se você assistiu ao filme *O amor não tem regras* (*Leatherheads*, 2008), estrelado por George Clooney e Renée Zellweger, saiba que boa parte da história foi baseada nesta equipe de Minnesota.

O Duluth Kelleys nasceu em 1923 sob o patrocínio da loja de ferramentas Kelley. Logo no segundo ano de existência, conseguiu a boa campanha de cinco vitórias e apenas uma derrota. Pelos critérios atuais, teria sido declarado campeão da NFL, ao lado do Cleveland Bulldogs, mas os regulamentos confusos da década de 1920 deixaram o clube em quarto lugar.

Devido ao clima impiedoso da cidade – a mais setentrional de toda a NFL –, muitas partidas dos Kelleys eram canceladas por nevascas ou mau tempo. Em 1925, o time jogou apenas três vezes e ficou em último na tabela. Isso fez a equipe perder o patrocínio e mudar de nome para Duluth Eskimos. O clube se enfraqueceu e seu dono, Ole Haugsrud, desistiu da empreitada no final de 1927. Uma curiosidade: a NFL garantiu a Haugsrud 10% da próxima equipe que fosse criada em Minnesota. Isso só aconteceria 32 anos depois, com o surgimento dos Vikings.

ERNIE NEVERS
O fullback também era quarterback e kicker. Depois dos Eskimos, fez fama nos Cardinals, foi jogador profissional de beisebol e na Segunda Guerra Mundial lutou no Pacífico como capitão da Marinha dos Estados Unidos.

1923

Fundação: **1923**
Última temporada: **1927**
Sede: **Duluth, Minnesota**
Cores:
Títulos: **-**
Estádio: **Athletic Park**
Capacidade: **6 mil pessoas**

ÍDOLOS

Ernie Nevers (FB)
John "Blood" McNally (HB)
Walt Kiesling (G/T)

EVANSVILLE CRIMSON GIANTS

Time de curtíssima vida, os Crimson Giants têm uma história complicada, originada no período pré-NFL, quando surgiram as primeiras ligas profissionais regionais.

A equipe foi uma evolução de outra, semiprofissional, chamada Evansville Collegians, e entrou em 1921 para a recém-criada APFA (futura NFL), como um contraponto à avalanche de times de Ohio. Assim, o escrete de Indiana registrou um início furioso, vencendo cinco de seus sete primeiros jogos.

A inabilidade de seus dirigentes, no entanto, minou qualquer chance posterior de sucesso. Nessa época era comum os clubes fazerem alguns jogos amistosos contra equipes que não estavam na liga. Os Crimson Giants abusaram desse expediente, o que prejudicou seu desempenho no campeonato. Pior: tais jogos, em vez de encher o caixa do time, deram prejuízo. A franquia acabou falindo no final de 1922, após um sexto e um 15º lugar em duas temporadas disputadas na NFL.

1921

Fundação: **1921**
Última temporada: **1922**
Sede: **Evansville, Indiana**
Cores:
Títulos: **-**
Estádio: **Bosse Field**
Capacidade: **5 mil pessoas**

ÍDOLO

Herb Henderson (HB/WB)

HERB HENDERSON
O halfback Herb Henderson figurou durante 93 anos nos livros de recordes da NFL por uma proeza: ele nunca havia marcado um touchdown na vida e, de repente, conseguiu quatro de uma vez em um mesmo jogo. O feito só foi igualado por Jonas Gray, do New England Patriots, em uma partida contra os Colts em 2014.

FRANKFORD YELLOW JACKETS

Poucos times extintos têm uma história tão rica e deixaram um legado tão importante quanto o Frankford Yellow Jackets. Na era em que os esquadrões de futebol americano surgiam de forma improvisada, criados por grupos de amigos, os Jackets nasceram em berço nobre, fruto de um clube social muito bem-estruturado da Filadélfia, que já em 1899 possuía esquadrões de beisebol e de futebol (*soccer*).

Após duas décadas e meia competindo em torneios regionais e atuando como time de exibição pelo país, a equipe foi convidada pela NFL a ingressar na liga em 1924. Em seis das oito temporadas disputadas, o clube ficou na metade superior da tabela, sendo campeão em 1926. Os Jackets ainda ajudaram a consolidar a tradição do jogo do Dia de Ação de Graças (Thanksgiving) enfrentando o Green Bay Packers por cinco anos seguidos nessa data.

A extinção da equipe se deu em 1931 devido à grande crise econômica gerada pelo *crash* da Bolsa em 1929 e também pelos prejuízos decorrentes de um incêndio que destruiu o seu estádio.

Ignacio "Lou" Molinet, o fullback cubano do Frankford Yellow Jackets, foi o primeiro latino-americano a jogar profissionalmente na NFL.

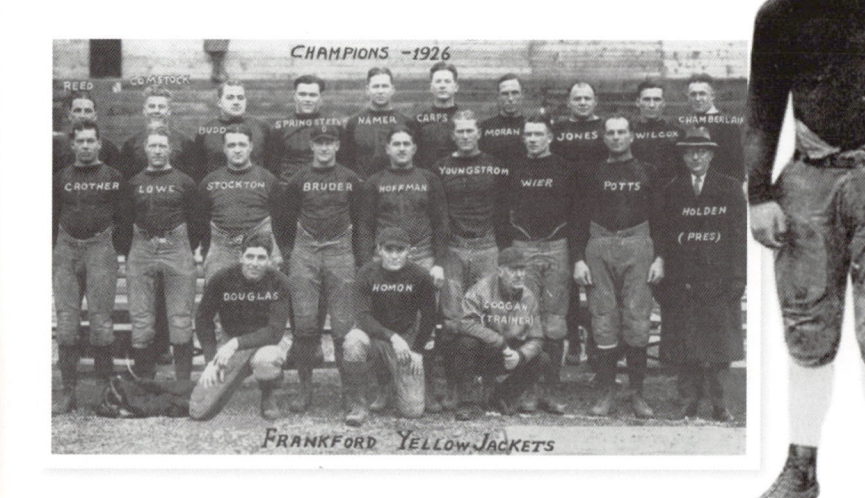

1931

Fundação: **1899 (amador)**
Última temporada: **1931**
Sede: **Filadélfia, Pensilvânia**
Cores:
Títulos: **1 (1926)**
Estádio: **Frankford Stadium**
Capacidade: **9 mil pessoas**

ÍDOLOS

Ben Jones (FB)
Guy Chamberlin (HB/E)
William Lyman (T)

HAMMOND PROS

O legado para o futebol americano dessa equipe originada em Hammond, Indiana, transcende em muito os seus resultados dentro de campo.

Para começar, foi uma partida entre os Pros e o Canton Bulldogs em 1919, com cerca de 12 mil espectadores, que convenceu uma dezena de donos de times a fundarem a NFL no ano seguinte (ainda com o nome de American Professional Football Association). Não bastasse isso, o time revelou para o mundo ninguém menos que George Halas, jogador que, anos depois, seria o fundador e grande nome da história do Chicago Bears.

Apesar de representar a cidade de Hammond, os Pros nunca jogaram ali. Os Pros eram um time itinerante e jogavam algumas partidas no Cubs Park, em Chicago. No campo de jogo, nunca foram além do décimo lugar na tabela, o que ocorreu em 1924, e acabaram eliminados do torneio em 1926, quando a NFL decidiu reduzir o número de clubes.

Dos nove afrodescendentes que jogaram na liga durante a década de 1920, seis eram do Hammond Pros, inclusive John Shelburne, que foi herói de guerra e ídolo na Universidade de Dartmouth.

1926

Fundação: **1917 (amador)**
Última temporada: **1926**
Sede: **Hammond, Indiana**
Cores:
Títulos: **–**
Estádio: **Cubs Park (Chicago)**
Capacidade: **20 mil pessoas**

ÍDOLOS

Fritz Pollard (HB)
George Halas (E)
John "Paddy" Driscoll (QB)

HARTFORD BLUES

A história dessa equipe do estado de Connecticut é bastante curiosa pelo fato de ter conseguido seus maiores feitos quando estava fora da NFL, uma vez que apenas desilusões vieram no único ano em que o time participou do campeonato da liga.

O time surgiu em 1924 com o nome de Waterbury Blues. No ano seguinte, já rebatizado de Hartford Blues, contratou alguns dos mais célebres atletas da época, incluindo o quarterback Harry Stuhldreher, que havia angariado fama nacional ao participar dos Four Horsemen – o grupo de quatro jogadores ultra-habilidosos da Universidade de Notre Dame.

Ao lado de outros craques, como o tackle Steve Owen, Stuhldreher conduziu a equipe a uma temporada com dez vitórias e apenas duas derrotas, jogando contra outros times independentes. O sucesso valeu aos Blues um convite para integrar a NFL. No entanto, os principais jogadores acabaram debandando para outras equipes, e o Hartford Blues teve uma decepcionante temporada de três vitórias e sete derrotas em 1926. Com problemas de caixa, o clube abandonou a liga e faliu em 1927.

Steve Owen foi um dos astros dos Blues e, depois de sair da equipe, teve uma carreira bem-sucedida de jogador e técnico no New York Giants, time em que permaneceu de 1931 a 1953.

1926

Fundação: **1924**
Última temporada: **1926**
Sede: **Hartford, Connecticut**
Cores:
Títulos: **-**
Estádio: **East Hartford Velodrome**
Capacidade: **8 mil pessoas**

ÍDOLOS
Harry Stuhldreher (QB)
Steve Owen (T)

KANSAS CITY BLUES | COWBOYS

Muito antes dos Chiefs, a cidade de Kansas, no Missouri, teve uma franquia na NFL. Mas, ao contrário do time atual, a equipe da década de 1920 foi um fiasco. Ela nasceu em 1924 com o nome de Kansas City Blues e mudou sua denominação no ano seguinte, disputando as temporadas de 1925 e 1926 com a alcunha de Cowboys.

Em campo, o clube angariou apenas quatro vitórias em 16 partidas nas duas primeiras temporadas – apesar de contar em 1925 com dois futuros membros do Hall da Fama do Futebol Americano Profissional: **Steve Owen** e **Joe Guyon**.

Sem dinheiro, o clube não tinha estádio e mal treinava. A franquia faz parte dos chamados times itinerantes, que jogavam somente na casa do adversário.

No seu terceiro ano de vida, o time melhorou muito e acabou o campeonato em quarto lugar, com oito vitórias e três derrotas. Seu único astro foi o back Al Bloodgood, que marcou 47 dos 73 pontos da equipe nas 13 partidas disputadas. Depois disso, a falta de dinheiro fez os salários atrasarem e houve uma debandada de atletas, culminando com a extinção da franquia.

1925

Fundação: **1924**
Última temporada: **1926**
Sede: **Kansas City, Missouri**
Cores:
Títulos: –
Estádio: **time itinerante**
Capacidade: –

ÍDOLO
Al Bloodgood (B)

KENOSHA MAROONS

Apenas um ano durou a tentativa da cidade de Kenosha de manter uma equipe na NFL e fazer frente ao outro representante do estado de Wisconsin, o Green Bay Packers. Em 1924, alguns empresários decidiram investir na criação de uma equipe profissional de futebol americano. Para isso, trouxeram um ídolo local do beisebol, George Johnson, que assumiria a direção da equipe, tentando usar o parco orçamento para recrutar jovens atletas universitários de outros estados.

Não deu muito certo. O único esportista que viria a se destacar no clube foi o halfback Earl Potteiger. A estrela do time quebrou o braço durante a temporada e a empolgação se esvaiu.

Os Maroons de Kenosha acabaram o ano de 1924 com o pífio retrospecto de quatro derrotas, um empate e nenhuma vitória. A fortuna gasta para importar jogadores levou o clube à bancarrota antes mesmo de poder se inscrever para a segunda temporada.

O halfback Earl Potteiger, do Kenosha Maroons, viria a se celebrizar na NFL mais tarde, ao atuar como jogador e treinador no New York Giants.

1924

Fundação: **1924**
Última temporada: **1924**
Sede: **Kenosha, Wisconsin**
Cores:
Títulos: **-**
Estádio: **Nash Field**
Capacidade: **5 mil pessoas**

ÍDOLO
Earl Potteiger (HB)

LOS ANGELES BUCCANEERS

Uma das histórias mais curiosas do futebol americano vem desta equipe que surgiu em Los Angeles no começo de 1926.

Preocupada com a concorrência de uma nova liga, a NFL decidiu abrir vagas para clubes da costa oeste dos Estados Unidos, visando demarcar território. Com isso, surgiu o Los Angeles Buccaneers, composto de bons jogadores originários das melhores universidades da Califórnia.

O time, porém, não conseguiu autorização para jogar no Memorial Coliseum, o grande estádio da cidade. Sem campo próprio para jogar – e com pouco dinheiro para cruzar o país de um lado a outro –, os Buccaneers se estabeleceram em Chicago e, ao longo de sua curta existência, nunca fizeram uma partida oficial na própria cidade.

Ao fim da temporada de 1926, conquistaram o sétimo lugar entre os 22 clubes da liga, com seis vitórias, três derrotas e um empate. Só então foram atuar na Califórnia, em jogos amistosos no começo de 1927, quando a NFL cassou seu direito de participar da liga, precipitando a falência da franquia.

Os Buccaneers tinham bons talentos na equipe de 1926, como o quarterback Tut Imlay, que no ano seguinte seria campeão jogando pelos Giants.

1926

Fundação: **1926**
Última temporada: **1926**
Sede: **Los Angeles, Califórnia**
Cores:
Títulos: -
Estádio: **time itinerante**
Capacidade: -

ÍDOLO
Tut Imlay (QB)

LOUISVILLE BRECKENRIDGES

Uma das piores equipes da história do futebol americano profissional – assim pode ser definido o Louisville Breckenridges. O clube, fundado no final do século XIX, tinha alguma tradição em esportes amadores e, no começo da década de 1920, seus dirigentes decidiram inscrever o escrete de futebol americano na recém-fundada NFL.

A liga, por sua vez, imediatamente aceitou o pedido, ansiosa por estabelecer equipes em cidades que já tinham renome esportivo graças ao beisebol. O resultado foi um time que, em três temporadas, conseguiu apenas uma vitória contra 12 derrotas.

O péssimo retrospecto se deve não apenas ao despreparo dos atletas – geralmente garotos da própria cidade, sem passagem por universidades ou outros times –, mas também ao mau gerenciamento da franquia: o elenco era obrigado a jogar muitas partidas de exibição sem relação com a NFL. O incêndio de seu estádio, o Eclipse Park, foi a gota d'água para a extinção da franquia.

Em toda a sua história na NFL, os Brecks só marcaram pontos em um único jogo – a vitória por 13 X 3 contra o Evansville Crimsom Giants, em 1923.

1921

Fundação: **1899 (amador)**
Última temporada: **1923**
Sede: **Louisville, Kentucky**
Cores: **desconhecidas**
Títulos: **–**
Estádio: **Eclipse Park**
Capacidade: **desconhecida**

LOUISVILLE COLONELS

Para muitos o pior time de futebol americano profissional de todos os tempos, o Louisville Colonels é classificado por alguns historiadores como uma simples continuação do Louisville Breckenridges. No entanto, nas estatísticas oficiais da NFL o clube aparece de forma independente. Colabora para isso o fato de a equipe ter adotado Chicago como sede, apesar de apresentar a palavra "Louisville" no nome.

Na verdade, essa obscura iniciativa esportiva, sobre a qual existem poucos registros, não possuía estádio e fez somente quatro jogos – foram quatro derrotas, sem que seus atletas conseguissem marcar ao menos um field goal.

A explicação para sua existência está no desespero dos diretores da NFL de inchar o campeonato de 1926, momento em que uma liga rival (a primeira AFL) ameaçava roubar as atenções.

Nas quatro partidas disputadas em 1926, os Colonels tomaram 108 pontos, incluindo 34 do Chicago Bears no jogo de 7 de novembro daquele ano. E não fizeram nenhum.

1926

Fundação: **1926**
Última temporada: **1926**
Sede: **Chicago, Illinois**
Cores:
Títulos: –
Estádio: –
Capacidade: –

MILWAUKEE BADGERS

Em cinco temporadas na NFL, a equipe de Wisconsin nunca foi uma grande força dentro de campo, mas colecionou histórias que colaboraram muito para o folclore do futebol americano. A começar pela sua fundação, obra de dois negociantes de Chicago que tinham por motivação criar um rival à altura do Green Bay Packers, que na época já se destacava.

Na sua primeira temporada, a equipe se tornou notícia em todo o país ao agregar vários atletas negros, incluindo alguns que se celebrizaram, como o halfback e técnico Fritz Pollard, o primeiro afrodescendente a comandar brancos no esporte profissional norte-americano.

Em 1925, o clube protagonizaria um dos primeiros escândalos do futebol americano profissional. Em um jogo contra o Chicago Cardinals, foram escalados quatro jogadores que ainda estavam no ensino médio – o que era proibido pelos regulamentos.

O High School Scandal gerou uma multa tão grande que exauriu o caixa da equipe no ano seguinte, levando a dívidas e à falência após a temporada de 1926.

PAUL ROBENSON
O halfback Paul Robenson foi um dos primeiros negros a jogar na NFL e, depois de jogar futebol americano, consagrou-se como cantor, ator e ativista dos direitos civis.

1925

Fundação: **1922**
Última temporada: **1926**
Sede: **Milwaukee, Wisconsin**
Cores:
Títulos: -
Estádio: **Athletic Park**
Capacidade: **13 mil pessoas**

ÍDOLOS

Fritz Pollard (HB/técnico)
Jimmy Conzelman (QB)
Johnny "Blood" McNally (HB)

MINNEAPOLIS MARINES

É muito curiosa a história desta equipe de Minnesota. Criada como um time amador no começo do século XX, ela se tornou uma potência ao longo de quase 15 anos, profissionalizando-se e figurando como um respeitado time de exibição.

Os Marines jogaram alguns torneios regionais profissionais e introduziram muitas novidades, como os *training camps* – treinamentos planejados e organizados antes dos campeonatos para melhorar a capacidade física e técnica do elenco.

Foi assim até 1918, ano em que o recrutamento de jovens para a Primeira Guerra Mundial e a Gripe Espanhola devastaram a equipe. Por isso, em 1921, quando o time aderiu à recém-fundada American Professional Football Association (antigo nome da NFL), faltava-lhe o talento que tanto havia exibido outrora.

Na liga profissional, os Marines nunca foram além do 12º lugar, vencendo apenas quatro partidas e perdendo 17 ao longo de quatro anos.

1922

Fundação: **1905 (amador)**
Última temporada: **1924**
Sede: **Minneapolis, Minnesota**
Cores:
Títulos: **-**
Estádio: **Nicollet Park**
Capacidade: **4 mil pessoas**

ÍDOLO

Harry Mehre (C)

Os Marines podem não ter feito nada de muito relevante, mas entraram para a história como os primeiros adversários do Green Bay Packers na NFL.

MINNEAPOLIS RED JACKETS

Muitos historiadores apontam os Red Jackets como uma simples continuação do Minnesota Marines. Isso porque os donos do time eram os mesmos, assim como os uniformes, a sede e o estádio.

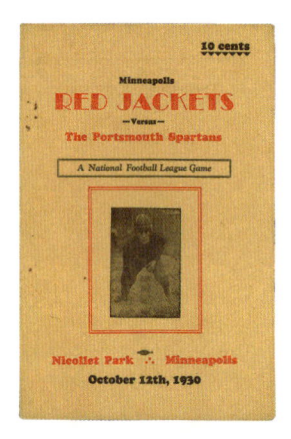

O fato é que a nova franquia de Minneapolis teve vida ainda mais curta que a primeira. Os Red Jackets exibiam alguns astros na equipe, como o fullback Herb Joesting, mas, sem treinamento e condições de pagar decentemente o restante do elenco, seus proprietários viram a iniciativa se tornar um fiasco. Em duas temporadas apresentaram apenas duas vitórias contra 16 derrotas e um empate.

A única vitória do time em 1930 veio no jogo contra o Portsmouth Spartans.

O golpe de morte veio quando a meteorologia também se tornou um adversário: uma onda de mau tempo impediu o público de comparecer aos quatro jogos da equipe em casa, no ano de 1930. Sem o dinheiro das bilheterias, as dívidas se acumularam e, para saldá-las, praticamente todos os jogadores foram vendidos a outro clube, o Frankford Yellow Jackets.

HERB JOESTING
O único jogador de renome da curta história dos Red Jackets foi o fullback Herb Joesting, que também era técnico do time. Astro da Universidade de Minnesota, ele figura no Hall da Fama do Futebol Americano Universitário.

1930

Fundação: **1929**
Última temporada: **1930**
Sede: **Minneapolis, Minnesota**
Cores:
Títulos: **-**
Estádio: **Nicollet Park**
Capacidade: **4 mil pessoas**

ÍDOLO
Herb Joesting (FB/HB/técnico)

MUNCIE FLYERS

O Muncie Flyers foi mais uma das aberrações que povoaram a primeira década do futebol americano profissional nos Estados Unidos. A equipe surgiu como um agregado de amigos no final da década de 1900, endossada pelo Congerville Athletic Club, da cidadezinha de Muncie, Indiana. Disputava apenas torneios amadores até ser extinta em 1918, devido à ausência de atletas, ocasionada pelo recrutamento de jovens para lutar na Primeira Guerra Mundial e pela Gripe Espanhola.

Em 1919, o time foi recriado e seus dirigentes estavam presentes na fundação da APFA em 1920. No entanto, sua desorganização e falta de recursos eram tão grandes que a equipe só conseguiu fazer uma partida em 1920: a derrota por 45 X 0 para o Rock Island Independents.

No ano seguinte, em meio a amistosos mal programados, os Flyers disputaram apenas duas partidas do campeonato oficial, perdendo ambas. Não conseguiram sequer um touchdown, um field goal ou um safety em toda a sua passagem pela APFA. O clube se afastou da liga e faliu quatro anos depois.

1921

Fundação: **1905**
Última temporada: **1921**
Sede: **Muncie, Indiana**
Cores:
Títulos: **-**
Estádio: **Walnut Street Stadium**
Capacidade: **desconhecida**

Conhecido como Congerville Flyers, o time mudou seu nome para Muncie apenas no curto período em que integrou a APFA, antes de ela se tornar a NFL.

NEW YORK BRICKLEY GIANTS

Os Brickley Giants foram a segunda equipe com menos jogos na NFL, quando a liga ainda se chamava APFA. Disputaram apenas duas partidas na temporada de 1921 – época em que os clubes escolhiam contra quem jogariam e o campeão era definido pelo melhor retrospecto. O time perdeu ambos os jogos, por 17 X 0 para o Cleveland Indians e por 55 X 0 para o Buffalo All-Americans.

As derrotas se deveram, em parte, ao cansaço da equipe, que disputava várias partidas de exibição contra adversários que não integravam a APFA. Não bastasse isso, o elenco era muito fraco, a despeito do renomado treinador, o halfback Charles Brickley, que também atuava dentro de campo. Brickley jogou na Universidade Harvard e foi técnico do Boston College e da Universidade Fordham.

Outra curiosidade sobre essa efêmera equipe era seu principal patrocinador: o time de beisebol New York Giants, que em 1958 se mudou para a Califórnia e passou a ser o San Francisco Giants.

Ex-astro da Universidade Harvard, Charles Brickley comandou o time em 1921. Depois, tornou-se executivo no mercado financeiro de Nova York.

1921

Fundação: **1919**
Última temporada: **1921**
Sede: **Nova York, Nova York**
Cores:
Títulos: **-**
Estádio: **time itinerante**
Capacidade: **-**

ÍDOLO
Charles Brickley (técnico/HB)

NEW YORK BULLDOGS

Este é um time de história bastante confusa. Alguns historiadores o consideram apenas uma evolução do Boston Yanks, de 1948. Outros afirmam que ele e o New York Yanks (1950-51) são a mesma equipe. Na verdade, é tudo questão de interpretação...

Os Bulldogs foram fundados pelo empresário musical Ted Collins quando ele recebeu permissão para criar um time em Nova York e, assim, decidiu extinguir a franquia que possuía em Massachusetts – o Boston Yanks. O clube atuou por uma temporada em 1949 e, em seguida, sofreu vasta reformulação, trocando de nome, estádio, uniforme e elenco: apenas quatro dos mais de quarenta atletas permaneceram. Por isso, há o consenso de que os Bulldogs se extinguiram no mesmo ano de sua fundação.

No único ano de existência, a equipe teve um desempenho nada bom: uma vitória, um empate e dez derrotas. Seu jogador de maior destaque foi o quarterback Bobby Layne, que se tornaria astro dos Lions anos depois, levando a equipe de Detroit a três títulos da NFL.

BOBBY LAYNE
O quarterback Bobby Layne, em seu segundo ano na NFL, teve nove passes para touchdowns e 18 interceptações – bem diferente do excelente desempenho que conseguiria nos anos seguintes jogando pelos Lions.

1949

Fundação: **1949**
Última temporada: **1949**
Sede: **Nova York, Nova York**
Cores:
Títulos: **-**
Estádio: **Polo Grounds**
Capacidade: **55 mil pessoas**

ÍDOLO
Bobby Layne (QB)

NEW YORK YANKEES

Não, este não é o famoso clube de beisebol de Nova York, ainda que o nome seja igual e o estádio usado fosse o mesmo. Na conturbada primeira década do futebol americano profissional, as tentativas de aproveitar a popularidade do beisebol eram comuns.

Os Yankees do futebol americano têm uma história confusa. O time foi criado por Charles Pyle, o empresário do halfback Red Grange (o maior astro da modalidade naquela época), mas teve sua entrada na NFL recusada pelos dirigentes de outros clubes. Inconformado com isso, Pyle então decidiu criar sua própria liga, batizada de American Football League, ou simplesmente AFL – não confundir com a iniciativa de mesmo nome surgida em 1960.

A AFL durou apenas um ano e, em 1927, os Yankees foram admitidos na NFL. O clube, porém, não conseguiu se firmar. Sobretudo porque sua estrela, Red Grange, sofreu lesões e mal pôde jogar. Mas o New York Yankees deixou um legado: nada menos que quatro futuros membros do Hall da Fama do Futebol Americano Profissional. Em 1928, a franquia foi extinta, com um retrospecto de 11 vitórias, 16 derrotas e dois empates em duas temporadas na NFL.

O end Morris "Red" Badgro começou sua vitoriosa carreira nos Yankees. Ele se celebrizaria mais tarde no New York Giants, time em que foi campeão e recordista de recepções para touchdowns no ano de 1934, com 16 ao todo.

1927

Fundação: **1926 (AFL)**
Última temporada: **1928**
Sede: **Nova York, Nova York**
Cores:
Títulos: **-**
Estádio: **Yankee Stadium**
Capacidade: **62 mil pessoas**

ÍDOLOS

Harold "Red" Grange (HB)
Mike Michalske (HB)
Morris "Red" Badgro (E)
Ray Flaherty (E)

NEW YORK YANKS

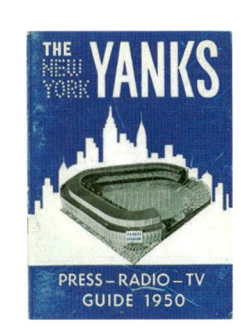

Este time foi, de certa forma, a continuação do New York Bulldogs (extinto em 1949), ainda que a maioria dos historiadores o considerem suficientemente diferente para ser descrito como um clube de história própria. Para tornar sua trajetória ainda mais complexa, ele herdou muitos jogadores do New York Yankees (com "ees" no fim), equipe que integrou a extinta liga AAFC.

Os Yanks tiveram uma boa temporada de estreia na NFL, em 1950, garantindo o terceiro lugar no campeonato com sete vitórias e cinco derrotas. No ano seguinte, porém, o time afundou na tabela com apenas uma vitória, nove derrotas e dois empates.

O dono da franquia, Ted Collins, se desinteressou pelo futebol americano e voltou ao seu ramo original no *show business*. Assim, o time foi extinto no final de 1951 e quase todo o seu elenco sendo transferido para o Dallas Texans.

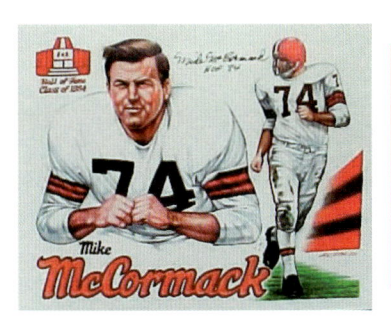

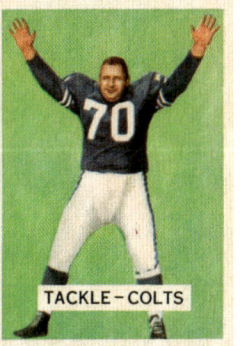

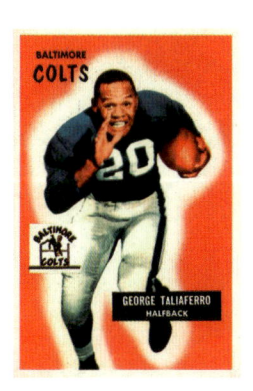

1950

Fundação: **1950**
Última temporada: **1951**
Sede: : **Nova York, Nova York**
Cores:
Títulos: **-**
Estádio: **Yankee Stadium**
Capacidade: **67 mil pessoas**

ÍDOLOS
Art Donovan (DT)
George Taliaferro (HB)
Mike McCormack (OT)

MIKE MCCORMACK
O offensive tackle começou sua carreira nos Yanks, em 1951. Depois, foi lutar na Guerra da Coreia e, no fim da década de 1950, tornou-se ídolo do Cleveland Browns. Também foi treinador dos Colts, dos Seahawks e dos Panthers nas décadas seguintes.

OORANG INDIANS

Um time formado somente por indígenas, treinados por um medalhista olímpico, com o objetivo de divulgar um canil. Esse era o Oorang Indians, o mais insólito clube dos primórdios da NFL.

A curiosa iniciativa veio de Walter Lingo, um excêntrico criador de cães que era apaixonado pela cultura das tribos indígenas norte-americanas, assim como por esportes. Lingo uniu os três interesses ao contratar o multiatleta Jim Thorpe, vencedor de duas medalhas nas Olimpíadas de Estocolmo em 1912, para montar uma franquia da NFL. Thorpe recrutou indígenas de mais de dez etnias de todo o país e o escrete tornou-se uma grande atração assim que ingressou na liga.

Os jogos dos Indians serviam como uma ótima propaganda para o canil de Lingo, graças aos shows de cães nos intervalos dos jogos. O clube não tinha estádio e jogava apenas fora de casa. Nas horas vagas, os atletas trabalhavam no canil, em La Rue, Ohio.

Dentro de campo, no entanto, faltou talento e a equipe foi somente a 12ª colocada em 1922 e a 18ª no ano de 1923. Obteve apenas quatro vitórias em vinte partidas nesse tempo todo. Por isso, o público nas arquibancadas rapidamente minguou e os Indians se extinguiram por falta de recursos antes da temporada de 1924.

O time composto apenas de indígenas inovou ao inventar os shows nos intervalos das partidas, em que os próprios atletas executavam truques com cães, danças indígenas e arremesso de facas em alvo tradicional.

1922

Fundação: **1922**
Última temporada: **1923**
Sede: **La Rue, Ohio**
Cores:
Títulos: **-**
Estádio: **time itinerante**
Capacidade: **-**

ÍDOLOS
Jim Thorpe (B)
Joe Guyon (HB)

ORANGE | NEWARK TORNADOES

A história deste clube atlético de Nova Jersey é muito rica – ele existiu por 83 anos, ainda que, na NFL, tenha competido por apenas duas temporadas. Os Tornadoes surgiram no final do século XIX como uma alternativa para ex-universitários continuarem praticando o futebol americano depois de formados. Já em 1902, tornou-se um time semiprofissional, com os atletas sendo remunerados a cada partida disputada.

O clube rodava a costa leste disputando amistosos e jogos de ligas locais. Na década de 1920, disputou muitas partidas não oficiais contra equipes da NFL, até ser convidado para fazer parte da liga em 1929. Neste ano, com o nome de Orange Tornadoes, a equipe ficou em sexto lugar, com três vitórias, cinco derrotas e três empates.

Em 1930, o time mudou de nome para Newark Tornadoes e mergulhou em uma crise após o péssimo retrospecto de uma vitória e dez derrotas. A NFL cassou a vaga do clube e a franquia de Nova Jersey voltou a ser uma equipe semiprofissional, disputando somente campeonatos regionais. Curiosamente, entre idas e vindas, o clube perdurou dessa forma até 1970. Nos quatro últimos anos de vida jogou na Flórida, com o nome de Orlando Panthers.

1930

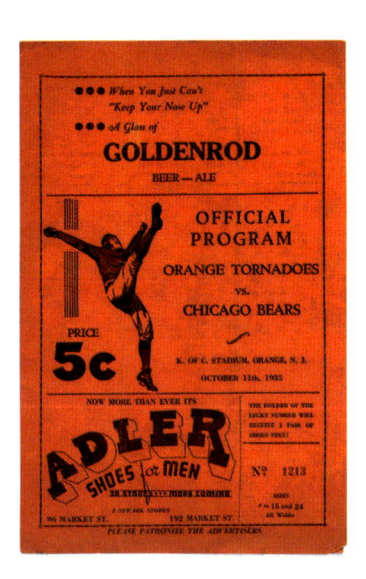

Durante as duas temporadas na NFL, os Tornadoes alternaram seus jogos em casa entre o Newark Schools Stadium e o Velodrome, que era, na verdade, uma pista de corridas de bicicleta.

Fundação: **1887 (amador)**
Última temporada: **1930**
Sede: **Newark, Nova Jersey**
Cores:
Títulos: **-**
Estádio: **Newark Schools Stadium e Velodrome**
Capacidade: **15 mil e 12 mil pessoas**

ÍDOLO

Frank Kirkleski (TB)

POTTSVILLE MAROONS

O time que teve um título da NFL confiscado. Assim ficou conhecido o Pottsville Maroons por muitas pessoas. A equipe fundada em 1920 só entrou para a NFL em 1925 e nesse mesmo ano surpreendeu todos, conseguindo a melhor campanha dentre as vinte franquias que compunham a liga. Foram dez vitórias e duas derrotas.

No entanto, a NFL decidiu punir o clube em razão de um jogo de exibição feito sem autorização oficial. O Chicago Cardinals, aproveitando-se da situação, marcou duas partidas extras contra times fracos e acabou ultrapassando os Maroons em número de vitórias, conquistando a taça. Um caso polêmico que até hoje gera discussões entre os historiadores da liga.

O time ainda conseguiria bons resultados em 1926, ficando em terceiro lugar na tabela. Depois entrou em declínio, terminando sua última temporada, a de 1928, com duas vitórias e oito derrotas. A franquia foi vendida para um empresário da Nova Inglaterra que a transferiu para Boston e a rebatizou de "Bulldogs".

1925

JOHN MCNALLY
Em partida contra o Green Bay Packers, em 1928, o halfback John McNally marcou dois touchdowns. O atleta jogou tão bem que foi contratado pelo clube adversário. Nos Packers, ele seria campeão da NFL em quatro oportunidades.

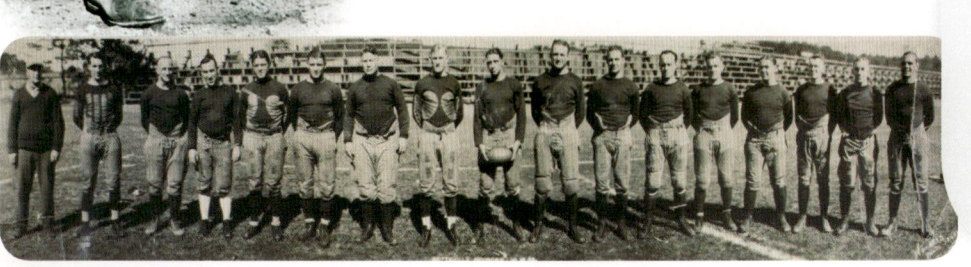

Fundação: **1920**
Última temporada: **1928**
Sede: **Pottsville, Pensilvânia**
Cores:
Títulos: **–**
Estádio: **Minersville Park**
Capacidade: **5 mil pessoas**

ÍDOLOS
John "Blood" McNally (HB)
Walt Kielisng (G)
Wilbur Henry (T)

PROVIDENCE STEAM ROLLER

O campeão da NFL em 1928 tem uma história repleta de fatos interessantes. Para começar, o Steam Roller foi a primeira equipe profissional de futebol americano da Nova Inglaterra. Fundado em 1916 por repórteres esportivos do *Providence Journal*, o clube passou nove anos participando de torneios amadores e fazendo jogos amistosos, mas chegou a ter uma média de 3 mil espectadores em suas partidas – isso é mais do que registrava na época a renomada Universidade Brown, do futebol universitário.

Ao entrar para a NFL, em 1925, inovou ao realizar seus jogos no Cycledrome, um recinto criado para corridas de bicicletas. Por sinal, em uma época em que todas as partidas eram disputadas de dia, o time de Providence também inovou ao jogar à noite, sob as luzes de refletores.

Na quarta temporada de que participou, em 1928, sagrou-se campeão com oito vitórias, uma derrota e dois empates. Seu grande astro era o halfback George "Wildcat" Wilson, um dos mais célebres jogadores oriundos da Universidade de Washington. O clube não resistiu à crise de 1929 e se retirou da liga após a temporada de 1931.

A crise econômica provocada pelo crash *da Bolsa de Nova York, em 1929, fez o time de Rhode Island ir à bancarrota após a temporada de 1931.*

1931

Fundação: **1916 (amador)**
Última temporada: **1931**
Sede: **Providence, Rhode Island**
Cores: ▰▱▰
Títulos: **1 (1928)**
Estádio: **Cycledrome**
Capacidade: **10 mil pessoas**

ÍDOLOS
Fritz Pollard (HB)
George "Wildcat" Wilson (HB)
Jimmy Conzelman (QB/técnico)

RACINE LEGION | TORNADOES

Rival importante do Green Bay Packers no começo da década de 1920, esse clube de Wisconsin nasceu do sonho de um empresário inglês, célebre por ter inventado e patenteado o leite maltado. William Horlick lançou a equipe em 1915, ainda na época do semiprofissionalismo para ajudar a divulgar os seus produtos.

O time, contudo, ganhou força e, em 1922, foi convidado a ingressar na NFL. Dentre as 18 equipes que compunham a liga naquele ano, o Legion conquistou a sexta posição no torneio, com seis vitórias, quatro derrotas e um empate. Em campo, o grande astro era o fullback e kicker Hank Gillo, que liderou a liga com 52 pontos marcados naquele ano. Também detém até hoje o recorde de field goal mais longo marcado com um drop kick: cinquenta jardas.

Nos anos seguintes, porém, caiu o rendimento do clube, que chegou a ficar de fora do campeonato de 1925 para se reestruturar. Voltou em 1926 com outro nome, Racine Tornadoes, mas faliu no fim da temporada.

1926

Fundação: **1915 (amador)**
Última temporada: **1926**
Sede: **Racine, Wisconsin**
Cores:
Títulos: **-**
Estádio: **Horlick Field**
Capacidade: **8 mil pessoas**

ÍDOLO

Hank Gillo (FB)

O fullback Hank Gillo foi o mais notório jogador do Legion, batendo diversos recordes. Quando o time se extinguiu, em 1926, ele abandonou o esporte e se tornou o responsável pelo ensino de química em uma importante escola de Wisconsin.

ROCHESTER JEFFERSONS

Um estranho no ninho. Assim poderia ser definido o time do Rochester Jeffersons em sua passagem pela NFL, de 1920 a 1925. A equipe criada em 1898 por garotos que apenas queriam se divertir, passou duas décadas jogando por prazer nos terrenos baldios de Rochester. Acabou ganhando notoriedade na cidade e seus jogos de exibição passaram a ser disputados no campo de beisebol, com cobrança de ingressos e tudo.

Em 1920, seus diretores participaram da reunião de fundação da NFL e, por isso, o time recebeu o convite para integrar a liga. Diferentemente das demais equipes, os Jeffs não tinham ambições financeiras e continuaram jogando por puro prazer e sem planejamento.

O time até foi bem na primeira temporada, com seis vitórias, três derrotas e dois empates – retrospecto que garantiu a sétima posição na tabela de 1920. Nos anos seguintes, contudo, perdeu o passo da evolução e se tornou um verdadeiro saco de pancadas. Não conseguiu vencer uma partida sequer nas suas últimas quatro temporadas, de 1922 a 1925: foram 21 derrotas e dois empates. Sem torcida e dinheiro, os Jeffersons suspenderam as atividades por três anos e faliram em 1928.

LEO LYONS
O halfback fundador da equipe atuou também como técnico, gerente, médico, fotógrafo, olheiro e patrocinador do time. Nas décadas seguintes, tornou-se historiador e um dos idealizadores do Hall da Fama do Futebol Americano Profissional.

1920

Fundação: **1898**
Última temporada: **1925**
Sede: **Rochester, Nova York**
Cores:
Títulos: **-**
Estádio: **Baseball Park**
Capacidade: **2 mil pessoas**

ÍDOLO
Leo Lyons (HB/técnico)

ROCK ISLAND INDEPENDENTS

Apesar de nunca ter sido campeã, esta foi uma das mais importantes equipes da primeira década da NFL. Fundada por um grupo de amigos da cidade de Rock Island em 1907, sem muito dinheiro nem estrutura, conseguiu se tornar uma potência do futebol americano semiprofissional em menos de dez anos. Por isso, estava na reunião de fundação da NFL em 1920, quando ela ainda ostentava o nome de American Professional Football Association.

Logo na primeira temporada ficou com um honroso quarto lugar, entre os 14 clubes fundadores da liga. Nos cinco anos seguintes somou vinte vitórias, tendo em seu elenco – mesmo que por curtos períodos – jogadores notáveis como Joe Guyon, Jim Thorpe, Jimmy Conzelman e Ed Healey, todos eles futuros membros do Hall da Fama do Futebol Americano Profissional.

Em 1926, no entanto, o dono do time, Vince McCarthy, cometeu um fatal erro de estratégia: decidiu aderir à recém-criada liga rival AFL, que durou apenas uma temporada. A NFL se recusou a receber o clube de volta em 1927 e a debandada de jogadores determinou a extinção dos Independents.

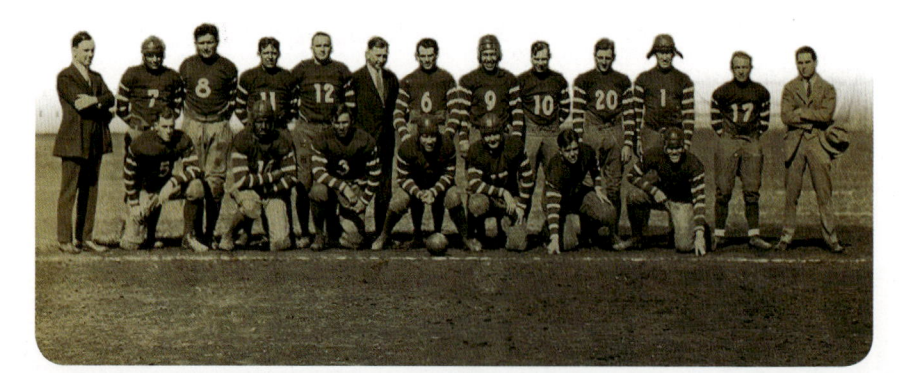

O tackle Ed Healey (número 10) foi o primeiro jogador da história da NFL comprado por um clube. Aconteceu no fim da temporada de 1922, quando o então dono, técnico e jogador dos Bears, George Hallas, decidiu contratá-lo depois de "apanhar" muito dele em uma partida.

1920

Fundação: **1907 (amador)**
Última temporada: **1926 (AFL)**
Sede: **Rock Island, Illinois**
Cores:
Títulos: **–**
Estádio: **Douglas Park**
Capacidade: **5 mil pessoas**

ÍDOLOS

Ed Healey (T)
Jim Thorpe (B)
Jimmy Conzelman (QB)
Joe Guyon (HB)

ST. LOUIS ALL-STARS

Esta equipe de vida curtíssima é considerada por muitos historiadores a mais desastrada dos primórdios da NFL, com uma trajetória repleta de improvisos e até mesmo fraudes.

Os All-Stars foram uma iniciativa do empresário e atleta Ollie Kraehe, jogador reserva do time do Rock Island Independents, que ganhou a chance de abrir uma franquia da NFL em Saint Louis, cidade predominantemente ligada ao beisebol.

O time montado às pressas para a temporada de 1923 tinha vários impostores – atletas sem currículo, mas que se faziam passar por astros do futebol universitário para atrair público. Um deles foi vendido ao Green Bay Packers, que descobriu o trambique e o devolveu.

Durante sua história, o time não foi além de uma vitória, com quatro derrotas, dois empates e vários jogos cancelados por diversos motivos. Acabou sendo banido da NFL no final da temporada.

1923

Fundação: **1923**
Última temporada: **1923**
Sede: **Saint Louis, Missouri**
Cores:
Títulos: **–**
Estádio: **Sportsman's Park**
Capacidade: **24 mil pessoas**

O Sportsman's Park era destinado ao beisebol, mas abrigava os jogos do All Stars. Foi lá que, em 1923, o time de St. Louis exibiu com estardalhaço um impostor que se fazia passar pelo célebre end Howard Gray, astro da Universidade de Princeton.

ST. LOUIS GUNNERS

Os Gunners foram a mais forte equipe que a NFL *não* teve. Isso porque, ao longo de seus nove anos de existência, disputou somente três partidas como membro da liga, em 1934, passando o restante do tempo na condição de clube independente, que fazia apenas jogos de exibição.

Curiosamente, era um esquadrão de qualidade, que muitas vezes derrotou times da NFL em partidas amistosas. O célebre halfback Ernie Nevers, do Chicago Cardinals, chegou a declarar que os Gunners eram o melhor time independente que já tinha visto.

Treinada pelo ex-astro de Notre Dame, Chile Walsh, a equipe jogava de forma peculiar, sem um quarterback principal. Nada menos que oito jogadores lançaram passes durante a temporada de 1934. Naquele ano, o clube recebeu um convite da NFL para jogar três partidas no lugar do Cincinnati Reds, que faliu no meio do torneio. A permanência na NFL, contudo, foi minada pela grande distância entre Saint Louis e as outras sedes de times, o que fez a direção da liga não renovar o convite para o ano seguinte. Os Gunners sobreviveram como clube independente até sua extinção definitiva, em 1940.

Após se graduar na Universidade Marquette, o halfback Chester "Swede" Johnston fez história na NFL, passando pelos elencos de Packers, Cardinals, Steelers e também do St. Louis Gunners.

1934

Fundação: **1931**
Última temporada: **1934**
Sede: **Saint Louis, Missouri**
Cores:
Títulos: **-**
Estádio: **Sportsman's Park**
Capacidade: **24 mil pessoas**

ÍDOLO
Chester "Swede" Johnston (HB)

STATEN ISLAND STAPLETONS

Os Stapletons surgiram como um time de amigos em 1915, com o objetivo de participar apenas de torneios locais amadores ou semiprofissionais. Seu fundador e proprietário era Dan Blaine, o dono de uma cadeia de restaurantes em Staten Island.

Ao longo dos dez anos seguintes, o time se estruturou tão bem que começou a vencer adversários da NFL em jogos amistosos feitos apenas para arrecadar dinheiro. Isso motivou Blaine a comprar uma vaga na liga. Mas a concessão da franquia aos Stapletons só aconteceria em 1929, devido à oposição feita por Tim Mara, o dono do New York Giants, que não queria dividir a torcida com um rival geograficamente tão próximo.

Na NFL, o desempenho do time de Staten Island foi decepcionante. Mesmo tendo no elenco craques como Ken Strong, futuro membro do Hall da Fama do Futebol Americano Profissional, o clube nunca conseguiu uma temporada com mais vitórias do que derrotas. Em quatro anos chegou, no máximo, a um sexto lugar e nunca conquistou o público da região de Nova York. Sem lucro de bilheteria e afetado pela crise econômica pós-*crash* da Bolsa, o time se retirou da NFL no começo de 1933 e faliu no ano seguinte.

Em 1929 o time contratou o multiatleta Henry "Hinkey" Haines, que fez história no beisebol e no futebol americano – o atleta foi campeão em 1923 pelos Yankees (na Major League Baseball – MLB) e em 1927 pelos Giants (na NFL).

1929

Fundação: **1915 (amador)**
Última temporada: **1932**
Sede: **Stapleton, Nova York**
Cores:
Títulos: **-**
Estádio: **Thompson Stadium**
Capacidade: **8 mil pessoas**

ÍDOLOS
Doug Wycoff (HB)
Henry "Hinkey" Haines (HB)
Ken Strong (HB)

TOLEDO MAROONS

Esta equipe de Ohio surgiu no início do século XX como um clube atlético para adolescentes da cidade de Toledo. E assim permaneceu, no amadorismo, até 1910, ano em que passou a enfrentar times profissionais e semiprofissionais, sobretudo os da famosa Liga de Ohio. Chegou a ser vice-campeã em 1918 e atraiu para si as atenções dos times que viriam a fundar a NFL dois anos depois.

Em 1922, os Maroons foram finalmente convidados a disputar o campeonato profissional de nível nacional. No elenco, alguns bons jogadores como o halfback Dunc Annan, que marcou 31 pontos em 1922 – um terço do total contabilizado pela equipe. O time foi bem nessa primeira temporada, ficando em quarto lugar na tabela.

No ano seguinte, porém, diversos jogadores se transferiram para outros clubes – Dunc Annan estava entre eles – e o desempenho da equipe despencou. Com apenas três vitórias em oito jogos e pouco público, os Maroons tiveram sua vaga cassada pela NFL e o time se desfez no começo de 1924.

RUSS STEIN
O tackle Russ Stein iniciou sua carreira profissional no Toledo Maroons. Foi um dos maiores atletas da história da Washington & Jefferson College e ficou famoso por sua atuação no 8th Rose Bowl Game, em 1922.

1922

Fundação: **1920 (amador)**
Última temporada: **1923**
Sede: **Toledo, Ohio**
Cores:
Títulos: **-**
Estádio: **Swayne Field**
Capacidade: **12 mil pessoas**

ÍDOLOS

Dunc Annan (HB)
Russ Stein (T)

TONAWANDA KARDEX

Uma única partida – a isso se resume a história do Tonawanda Kardex na NFL. É o time de menor duração na liga em todos os tempos. E o pior: seu jogo solitário foi uma derrota por 45 X 0 para o Rochester Jeffersons em 1921.

Na verdade, a equipe de uma minúscula cidade do estado de Nova York surgiu em 1916 como um time semiprofissional, fundado por ex-atletas universitários das várias instituições de ensino daquela região. Nos primórdios, chamava-se All-Tonawanda Lumberjacks e fazia apenas partidas de exibição em busca de algumas poucas centenas de dólares nas bilheterias do estádio da escola de ensino secundário da cidade.

No começo dos anos 1920, o clube amador ganhou o patrocínio da Kardex, uma empresa de material de escritório em franco crescimento na época. Não tardou para que o time recebesse o convite da recém-fundada APFA (futura NFL) para integrar a liga. O clube, porém, não teve fundos suficientes para pagar as taxas da associação e desapareceu logo em seguida.

Os Kardex têm uma história tão obscura que são raríssimos os registros fotográficos do time e de seus atletas, como estes de Buck McDonald (à esquerda) e Tom McLaughlin (abaixo).

1921

Fundação: **1913 (amador)**
Última temporada: **1921**
Sede: **Tonawanda, Nova York**
Cores:
Títulos: –
Estádio: **time itinerante**
Capacidade: –

WASHINGTON SENATORS

Ao contrário da maior parte dos times da primeira década da NFL, que nasceram muito antes da fundação da liga como equipes amadoras, o Washington Senators foi criado em 1921 especificamente para disputar o campeonato profissional de nível nacional. O astro do beisebol Tim Jordan era o diretor-geral da equipe. Ele trouxe gente de peso, como o técnico **Jack Hagerty**, famoso craque do futebol americano universitário na década anterior, e também Joe Guyon, futuro membro do Hall da Fama do Futebol Americano Profissional.

Na época era comum que as equipes disputassem muitas partidas amistosas, contra adversários de fora da liga, apenas pelo dinheiro da bilheteria. Isso prejudicou a performance dos Senators, que acabaram a temporada da NFL com apenas três jogos oficiais: duas derrotas e uma vitória.

Com os craques da franquia abandonando o elenco após aquele campeonato, os diretores decidiram sair da liga. Os Senators perduraram até 1941, mas como time semiprofissional, participando apenas de jogos de exibição.

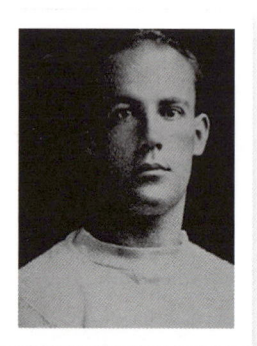

BENNY BOYNTON
O quarterback Benny Boynton foi um dos maiores jogadores de futebol americano do início do século XX. Teve uma passagem rápida pelos Senators, em 1921, e jogou por várias outras equipes até 1924. Depois, tornou-se um notável narrador esportivo.

1921

Fundação: **1921**
Última temporada: **1921**
Sede: **Washington, D.C.**
Cores:
Títulos: **-**
Estádio: **American League Park II**
Capacidade: **desconhecida**

ÍDOLOS
Benny Boynton (QB)
Joe Guyon (HB)

TODOS OS CAMPEÕES

CAMPEÕES DA PRIMEIRA AFL

1926	Philadelphia Quakers

CAMPEÕES DA PRIMEIRA AAFC

1946	Cleveland Browns
1947	Cleveland Browns
1948	Cleveland Browns
1949	Cleveland Browns

CAMPEÕES DA NFL

1920	Akron Pros		1945	Cleveland Rams
1921	Chicago Staleys		1946	Chicago Bears
1922	Canton Bulldogs		1947	Chicago Cardinals
1923	Canton Bulldogs		1948	Philadelphia Eagles
1924	Cleveland Bulldogs		1949	Philadelphia Eagles
1925	Chicago Cardinals		1950	Cleveland Browns
1926	Frankford Yellow Jackets		1951	Los Angeles Rams
1927	New York Giants		1952	Detroit Lions
1928	Providence Steam Roller		1953	Detroit Lions
1929	Green Bay Packers		1954	Cleveland Browns
1930	Green Bay Packers		1955	Cleveland Browns
1931	Green Bay Packers		1956	New York Giants
1932	Chicago Bears		1957	Detroit Lions
1933	Chicago Bears		1958	Baltimore Colts
1934	New York Giants		1959	Baltimore Colts
1935	Detroit Lions		1960	Philadelphia Eagles
1936	Green Bay Packers		1961	Green Bay Packers
1937	Washington Redskins		1962	Green Bay Packers
1938	New York Giants		1963	Chicago Bears
1939	Green Bay Packers		1964	Cleveland Browns
1940	Chicago Bears		1965	Green Bay Packers
1941	Chicago Bears		1966	Green Bay Packers
1942	Washington Redskins		1967	Green Bay Packers
1943	Chicago Bears		1968	Baltimore Colts
1944	Green Bay Packers		1969	Minnesota Vikings

CAMPEÕES DA AFL (ANOS 1960)

1960	Houston Oilers		1965	Buffalo Bills
1961	Houston Oilers		1966	Kansas City Chiefs
1962	Dallas Texans		1967	Oakland Raiders
1963	San Diego Chargers		1968	New York Jets
1964	Buffalo Bills		1969	Kansas City Chiefs

VENCEDORES DO SUPER BOWL*

1966	Green Bay Packers	Super Bowl I	1992	Dallas Cowboys	Super Bowl XXVII
1967	Green Bay Packers	Super Bowl II	1993	Dallas Cowboys	Super Bowl XXVIII
1968	New York Jets	Super Bowl III	1994	San Francisco 49ers	Super Bowl XXIX
1969	Kansas City Chiefs	Super Bowl IV	1995	Dallas Cowboys	Super Bowl XXX
1970	Baltimore Colts	Super Bowl V	1996	Green Bay Packers	Super Bowl XXXI
1971	Dallas Cowboys	Super Bowl VI	1997	Denver Broncos	Super Bowl XXXII
1972	Miami Dolphins	Super Bowl VII	1998	Denver Broncos	Super Bowl XXXIII
1973	Miami Dolphins	Super Bowl VIII	1999	St. Louis Rams	Super Bowl XXXIV
1974	Pittsburgh Steelers	Super Bowl IX	2000	Baltimore Ravens	Super Bowl XXXV
1975	Pittsburgh Steelers	Super Bowl X	2001	New England Patriots	Super Bowl XXXVI
1976	Oakland Raiders	Super Bowl XI	2002	Tampa Bay Buccaneers	Super Bowl XXXVII
1977	Dallas Cowboys	Super Bowl XII	2003	New England Patriots	Super Bowl XXXVIII
1978	Pittsburgh Steelers	Super Bowl XIII	2004	New England Patriots	Super Bowl XXXIX
1979	Pittsburgh Steelers	Super Bowl XIV	2005	Pittsburgh Steelers	Super Bowl XL
1980	Oakland Raiders	Super Bowl XV	2006	Indianapolis Colts	Super Bowl XLI
1981	San Francisco 49ers	Super Bowl XVI	2007	New York Giants	Super Bowl XLII
1982	Washington Redskins	Super Bowl XVII	2008	Pittsburgh Steelers	Super Bowl XLIII
1983	Los Angeles Raiders	Super Bowl XVIII	2009	New Orleans Saints	Super Bowl XLIV
1984	San Francisco 49ers	Super Bowl XIX	2010	Green Bay Packers	Super Bowl XLV
1985	Chicago Bears	Super Bowl XX	2011	New York Giants	Super Bowl XLVI
1986	New York Giants	Super Bowl XXI	2012	Baltimore Ravens	Super Bowl XLVII
1987	Washington Redskins	Super Bowl XXII	2013	Seattle Seahawks	Super Bowl XLVIII
1988	San Francisco 49ers	Super Bowl XXIII	2014	New England Patriots	Super Bowl XLIX
1989	San Francisco 49ers	Super Bowl XXIV	2015	Denver Broncos	Super Bowl 50
1990	New York Giants	Super Bowl XXV	2016	New England Patriots	Super Bowl LI
1991	Washington Redskins	Super Bowl XXVI			

* O Super Bowl sempre é disputado no começo do ano seguinte ao da respectiva temporada.

POSIÇÕES DOS JOGADORES

POSIÇÕES E SUAS SIGLAS (1920 A 1940)

OL **offensive lineman:** qualquer jogador da linha ofensiva (center, guard ou tackle).

C **center:** jogador posicionado no centro da linha ofensiva, é quem inicia todas as jogadas.

G **guard:** jogador interno da linha ofensiva, posicionado ao lado do center.

T **tackle:** jogador externo da linha ofensiva, posicionado ao lado do guard.

B **back:** jogador que atuava em todas as posições do backfield.

FB **fullback:** jogador que ficava mais recuado no backfield.

HB **halfback:** jogador que se posicionava no meio do caminho entre a linha ofensiva e o fullback.

QB **quarterback:** jogador que ficava logo atrás da linha ofensiva, a um quarto de distância do fullback.

TB **tailback:** jogador que, na formação single wing, ficava recuado e deslocado para a lateral.

E **end:** jogador que ficava nas extremidades da linha ofensiva.

WB **wingback:** jogador que se posicionava no backfield, mas deslocado lateralmente, além do end.

POSIÇÕES E SUAS SIGLAS (A PARTIR DE 1950)

ATAQUE

OL **offensive lineman:** qualquer jogador da linha ofensiva (center, guard ou tackle).

C **center:** jogador posicionado no centro da linha ofensiva. É quem inicia todas as jogadas.

G **guard:** jogador interno da linha ofensiva, posicionado ao lado do center.

- **T tackle:** jogador externo da linha ofensiva, posicionado ao lado do guard.
- **FB fullback:** atleta do backfield que bloqueia adversários, abrindo caminho para o running back de seu time. Eventualmente, carrega a bola ou recebe passes.
- **OT offensive tackle:** o mesmo que **T** (tackle).
- **RB running back:** jogador que se posiciona perto do quarterback e dele recebe a bola para correr com ela.
- **QB quarterback:** jogador do backfield encarregado de distribuir o jogo, seja dando a bola nas mãos de um running back, seja lançando a um recebedor.
- **TE tight end:** misto de bloqueador e recebedor de passes (geralmente curtos).
- **WR wide receiver:** jogador que se posiciona na linha de scrimmage, de forma aberta, geralmente perto das laterais de campo. Recebe a maioria dos lançamentos.

DEFESA

- **DL defensive lineman:** qualquer jogador da linha defensiva (tackle ou end).
- **DT defensive tackle:** jogador interno da linha defensiva.
- **NT nose tackle:** jogador central da linha defensiva no sistema de jogo 3-4.
- **DE defensive end:** jogador da extremidade da linha defensiva.
- **LB linebacker:** jogador do segundo nível da defesa, posicionado algumas jardas atrás da linha defensiva.
- **DB defensive back:** qualquer jogador da retaguarda ou flancos da defesa ("secundária").
- **SS strong safety:** defensive back recuado, geralmente alinhado do lado onde está o tight end adversário.
- **FS free safety:** defensive back recuado, que constitui a última defesa contra um adversário desgarrado.
- **CB cornerback:** defensive back que ocupa os flancos da defesa, em geral marcando o wide receiver adversário.
- **S Safety:** designação geral para os **FS** (free safeties) e **SS** (strong safeties).

ESPECIALISTAS

- **K** **kicker:** atleta encarregado dos chutes de field goal, extra point e kick off.
- **PK** **place kicker:** sinônimo de kicker.
- **LS** **long snapper:** atleta que inicia uma jogada de chute, passando a bola para trás.
- **H** **holder:** atleta que recebe a bola com as mãos e a apoia contra o solo para o chute do kicker, numa tentativa de field goal ou extra point.
- **P** **punter:** atleta encarregado de fazer os chutes de devolução de posse de bola (punt).
- **KR** **kickoff returner:** atleta encarregado de receber a bola chutada pelo outro time em um kickoff e avançar o máximo possível com ela.
- **PR** **punt returner:** atleta encarregado de receber a bola chutada pelo outro time em um punt e avançar o máximo possível com ela.

GLOSSÁRIO

AAFC (All-America Football Conference): liga fundada para concorrer com a NFL. Embora tenha atraído muitos jogadores e proposto inovações que permanecem ainda hoje, não conseguiu fazer frente à liga concorrente. A AAFC existiu de 1946 a 1949.

AFC (American Football Conference): a Conferência Americana de Futebol é uma das duas conferências da NFL, ao lado da Conferência Nacional de Futebol (NFC). Foi criada em 1970, quando houve a fusão das ligas AFL e NFL. Suas equipes fazem parte de quatro divisões internas: Norte, Sul, Leste e Oeste. No final da temporada, a equipe vencedora vai para o Super Bowl, representando a AFC contra o campeão da NFC.

AFL (American Football League): nome usado por quatro ligas de futebol americano nos Estados Unidos ao longo do século XX. A mais famosa e bem-sucedida teve sua fundação em 1959, visando fazer frente à NFL. A AFL teve bastante destaque e terminou por se fundir com a NFL em 1970.

Back: termo genérico para os jogadores que não estão na linha de scrimmage no começo de uma jogada (veja "Posições dos jogadores" na p. 139).

Backfield: toda área do campo atrás da linha de scrimmage, onde os backs estão posicionados.

Back up: reserva imediato de um jogador.

Bloqueadores: jogadores da "linha ofensiva" da equipe. São os atletas encarregados de proteger o quarterback e abrir caminho para os running backs. Dividem-se em center, offensive guards e offensive tackles (veja "Posições dos jogadores" na p. 139).

Bloqueio: ato de empurrar um adversário ou obstruir sua passagem, mas sempre sem segurá-lo nem agarrá-lo (o que configuraria falta). É a função principal dos offensive tackles e dos offensive guards.

Center: é o atleta que começa as jogadas, entregando a bola por entre as pernas ao quarterback, que se posiciona atrás dele (veja "Posições dos jogadores" na p. 139).

College Football: são os torneios entre times universitários chancelados pela National Collegiate Athletic Association (NCAA). O college football existe desde a segunda metade do século XIX.

Corredores: jogadores que recebem a bola diretamente das mãos do quarterback e disparam adiante, tentando penetrar a defesa adversária. Dividem-se em running backs e fullbacks. No passado, usava-se ainda os termos halfback e tailback (veja "Posições dos jogadores" na p. 139).

Defensive back: nome genérico para os jogadores da secundária – os cornerbacks e os safeties (veja "Posições dos jogadores" na p. 139).

Defensive ends: jogadores da defesa, ocupam as extremidades da linha defensiva (veja "Posições dos jogadores" na p. 139).

Defensive linemen: são os jogadores da primeira linha de defesa. Dividem-se em defensive ends (que ficam nas extremidades) e defensive tackles (que ficam na parte interna da linha) (veja "Posições dos jogadores" na p. 139).

Defensive tackles: jogadores da defesa que se posicionam no interior da linha defensiva (veja "Posições dos jogadores" na p. 139).

Descida: o mesmo que down ou ainda "tentativa".

Down: é o nome de cada tentativa de avanço de um time durante o seu ataque. Na National Football League, um time tem direito a quatro downs para conseguir pelo menos dez jardas, se quiser manter a posse de bola.

Draft: evento mais importante da intertemporada do futebol americano. Ali são escolhidos os jogadores universitários que passarão a fazer parte dos times profissionais da National Football League.

Drive: é a série de jogadas realizadas por um time desde o momento em que ele consegue a posse de bola até o momento em que a perde, seja em um punt, um turnover ou após pontuar.

Endzones: áreas retangulares com dez jardas de profundidade, atrás da linha de fundo de cada time. É ali que os jogadores precisam levar a bola para marcar um touchdown.

Especialistas: é o nome que se dá ao grupo de jogadores que atuam em situações de chutes, seja um punt, um kickoff, uma tentativa de field goal ou de extra point (veja "Posições dos jogadores" na p. 139).

Extra point: ponto extra conferido a um time que acerta um chute entre as traves, logo após a marcação de um touchdown.

Field goal: chute em direção às traves que, se bem-sucedido, vale três pontos.

Franquia: sinônimo para "clube" de futebol americano. Esse termo é usado porque a NFL concede a um clube, mediante pagamento e cumprimento de vários requisitos, a oportunidade de atuar na liga, representando uma região geográfica determinada.

Fullback: misto de bloqueador e corredor. Na maioria das vezes serve para abrir caminho para o running back, bloqueando adversários à sua frente. Em outras ocasiões, pode carregar a bola ele mesmo (veja "Posições dos jogadores" na p. 139).

Fumble: perda acidental da posse de bola por contato adversário ou por descuido. Sempre que ocorrer o fumble, a posse de bola é de quem recuperá-la.

Hail Mary (Ave-Maria): jogada usada em situações de desespero, normalmente nos últimos segundos da partida. A equipe de ataque põe todos os seus recebedores em campo e os instrui a correr para a endzone adversária. O quarterback então tenta um passe muito longo.

Halfback: hoje em dia, um sinônimo de running back. Teve outras funções no começo do futebol americano – inclusive a de lançar a bola (veja "Posições dos jogadores" na p. 139).

Head coach: é o técnico principal de um time.

Holder: jogador especialista que recebe a bola e a posiciona contra o solo para que seja chutada pelo kicker, em caso de tentativa de field goal ou extra point (veja "Posições dos jogadores" na p. 139).

Huddle: reunião dos jogadores realizada antes de cada jogada.

Interceptação: bola roubada pela defesa em uma jogada aérea.

Intertemporada: "offseason" em inglês, é o período entre o final de um campeonato e o começo de outro.

Kicker: atleta especialista em chutes de precisão, participa das tentativas de field goal, extra point e kickoff (veja "Posições dos jogadores" na p. 139).

Linebacker: jogador que se posiciona no segundo nível da defesa, algumas jardas atrás dos jogadores da linha defensiva (veja "Posições dos jogadores" na p. 139).

Linha defensiva: é a primeira linha de combate ao ataque adversário. Os atletas dividem-se em defensive ends e defensive tackles.

Linha de scrimmage: esta é a linha que divide os territórios de cada time. Nela se inicia cada jogada.

Long snapper: jogador especialista que inicia a jogada de chute, passando a bola para trás por entre as pernas em direção ao holder ou ao punter (veja "Posições dos jogadores" na p. 139).

MVP (Most Valuable Player): título concedido ao melhor jogador de uma partida ou mesmo do campeonato.

NFC (National Football Conference): a Conferência Nacional de Futebol é uma das duas conferências da NFL, ao lado da Conferência Americana de Futebol (AFC). Foi criada em 1970, quando houve a fusão das ligas AFL e NFL. Suas equipes fazem parte de quatro divisões internas: Norte, Sul, Leste e Oeste. No final da temporada, a equipe vencedora vai ao Super Bowl, representando a NFC contra o campeão da AFC.

NFL (National Football League): fundada em 1920 com o nome American Professional Football Association, em 1922 passou a se chamar National Football League - Liga Nacional de Futebol Americano.

NFL Europa: tentativa da NFL de se estabelecer no continente europeu para aumentar a popularidade do futebol americano. Existiu de 1995 a 2007.

Nose tackle: jogador de defesa que fica no meio da primeira linha, geralmente grande e muito pesado. Sua função em campo é "atacar" os bloqueadores adversários e tentar chegar ao quarterback (veja "Posições dos jogadores" na p. 139).

Offensive guards: jogadores da "linha ofensiva", sua posição é ao lado do center e têm como função bloquear os defensive tackles da equipe antagonista (veja "Posições dos jogadores" na p. 139).

Offensive tackles: esses jogadores se posicionam nas extremidades da "linha ofensiva". Encarregados de proteger o quarterback nas jogadas de passe, também abrem caminho para os running backs ao empurrar os defensive ends do time adversário (veja "Posições dos jogadores" na p. 139).

Offseason: também chamado "intertemporada", é o período entre o final de um campeonato e o começo de outro.

One-platoon system: o "sistema de pelotão" corresponde à época em que os mesmos atletas em campo revezavam-se entre ataque e defesa. Foi substituído pelo two-platoon system, "sistema de dois pelotões", na década de 1940, um deles encarregado do ataque e o outro atuando apenas na defesa.

Playoffs: é a fase final do campeonato da NFL, em sistema de mata-mata.

Preseason: é o período de treinamentos e jogos amistosos antes do início do campeonato. Chamada de "pré-temporada" em português.

Pré-temporada: "preseason" em inglês, é o período de treinamentos e jogos amistosos antes do início do campeonato.

Pro Bowl: partida amistosa realizada anualmente com a participação dos melhores jogadores da temporada, eleitos por torcedores, treinadores e pelos próprios atletas.

Punt: é um recurso de segurança empregado geralmente na quarta e última tentativa de avanço. O time chuta a bola para longe, entregando-a ao adversário, mas no ponto mais distante possível.

Punter: o responsável pelos chutes longos, na troca de posse de bola (veja "Posições dos jogadores" na p. 139).

Quarterback: é o "cabeça" da equipe, a quem cabe distribuir a bola entre os outros jogadores. Antes dos anos 1930, tinha menos importância, dividindo com os colegas do backfield a função de lançador e atuando como bloqueador em muitas jogadas (veja "Posições dos jogadores" na p. 139).

Recebedores: recebem lançamentos em profundidade do quarterback. Dividem-se em wide receivers e tight ends. Até os anos 1940, havia duas posições que depois desapareceram: o end (recebedor de passes curtos, posicionado na linha de scrimmage, ao lado dos tackles) e o wing back (recebedor de passes curtos que se alinhava lateralmente, no backfield) (veja "Posições dos jogadores" na p. 139).

Redzone: região do campo entre a marca de vinte jardas e a endzone. É conhecida como "zona de perigo", onde as chances de pontuação são grandes.

Retornador: aquele que recebe a bola chutada pelo adversário e tenta avançar o máximo possível com ela (veja "Posições dos jogadores" na p. 139).

Running backs: jogadores do ataque que recebem a bola diretamente das mãos do quarterback e em seguida tentam penetrar a defesa adversária. Têm também a responsabilidade de bloquear adversários em algumas jogadas (veja "Posições dos jogadores" na p. 139).

Sack: é o ato de derrubar o quarterback adversário atrás da linha de scrimmage, antes que ele consiga realizar um passe.

Safeties: jogadores da defesa secundária que dão cobertura e apoio aos cornerbacks em sua marcação aos wide receivers e tight ends do time adversário. Também tentam parar running backs desgarrados que tenham passado pelos níveis iniciais da defesa (veja "Posições dos jogadores" na p. 139).

Safety: espécie de "gol contra" do futebol americano. Vale dois pontos para o adversário e acontece quando o jogador que tem a posse de bola é derrubado dentro da própria endzone, quando ele comete uma falta nessa parte do campo ou, ainda, se deixar a bola escapar e ela sair pelo fundo ou pelas laterais da endzone.

Secundária: é o setor da defesa encarregado de cobrir as laterais e o fundo do campo. Compõe-se de cornerbacks e safeties.

Sideline: limites laterais do campo. Atrás dela ficam os técnicos e os jogadores que não estão atuando naquele momento.

Slot receiver: recebedor de passes que se alinha lateralmente no meio do caminho entre a linha ofensiva e a lateral de campo – região chamada de "slot".

Snap: é o movimento de pôr a bola em jogo. Realizado pelo center, consiste em passar a bola entre as pernas do quarterback.

Super Bowl: é a grande final da NFL, disputada entre os campeões da AFC e da NFC. O time vencedor recebe o Troféu Vince Lombardi, com o formato da bola oval. O nome do troféu é uma homenagem ao lendário técnico do Green Bay Packers, equipe vencedora do primeiro Super Bowl, realizado em 1967.

Tackle: movimento de interromper o avanço do adversário que carrega a bola, derrubando-o com um encontrão ou por meio de uma "agarrada".

Tailback: jogador que, na formação single wing, ficava recuado e deslocado para a lateral (veja "Posições dos jogadores" na p. 139).

Third string: o segundo atleta reserva de um jogador.

Tight ends: jogadores do ataque com características mistas. Em muitas jogadas atuam como bloqueadores. Em outras, recebem lançamentos do quarterback. A posição surgiu após inovações táticas nos anos 1940 (veja "Posições dos jogadores" na p. 139).

Touchdown: ato de levar a bola até a endzone adversária. Vale seis pontos.

Training camp: treinamentos que ocorrem antes do começo do campeonato.

Turnover: perda acidental da posse de bola, seja por uma interceptação, seja por um fumble.

Two minute warning: parada obrigatória que ocorre nos jogos da NFL quando faltam dois minutos para acabar o segundo período (no primeiro tempo) e o quarto período (no segundo tempo).

Two point conversion: também chamada "conversão de dois pontos", é uma alternativa ao chute de extra point quando se marca um touchdown. A equipe tenta anotar um novo touchdown partindo da linha de duas jardas. Se bem-sucedida, a jogada vale dois pontos.

USFL (United States Football League): a Liga de Futebol dos Estados Unidos foi também uma das concorrentes da NFL que deixaram de existir. A USFL atuou apenas entre 1983 e 1985.

West Coast Offense: filosofia de jogo ofensivo que utiliza passes curtos e rápidos, além das corridas e lançamentos longos.

Wide receiver: jogador do ataque que recebe lançamentos em profundidade do quarterback. A posição surgiu no final dos anos 1930, graças ao atleta Don Hutson, do Green Bay Packers, o primeiro a constantemente se alinhar lateralmente de forma ampla ("wide"), longe do centro do campo e próximo à linha lateral. Em outras épocas, era chamada de "split end" (veja "Posições dos jogadores" na p. 139).

Wild Card: time que se classifica para os playoffs sem ser campeão da sua divisão.

Wing back: recebedor de passes curtos que se alinhava lateralmente, no backfield. A posição praticamente desapareceu após a década de 1940, sendo substituída pelo tight end e pelo slot receiver (veja "Posições dos jogadores" na p. 139).

REFERÊNCIAS BIBLIOGRÁFICAS

BOWDEN, Mark. *The best game ever*. 1ª ed. Nova York: Atlantic Monthly Press, 2008.

Professional Football Researchers Association (PFRA). *The coffin corner*. Guilford: PFRA, 2009-2017.

COSTAS, Bob; GARNER, Joe. *100 yards of glory* – The greatest moments in NFL history. 1ª ed. Nova York: HMH, 2011.

LAHMAN, Sean. *The pro football historical abstract*. 2ª ed. Guilford: The Lyons Press, 2008.

LAZENBY, Roland. *The pictorial history of football*. 2ª ed. San Diego: Thunder Bay Press, 2002.

MacCAMBRIDGE, Michael. *America's game* – The epic story of how pro football captured a nation. 2ª ed. Nova York: Anchor Books, 2006.

MARTIRANO, Ron. *Book of football stuff*. 1ª ed. Nova York: Imagine, 2010.

PALMER, Pete. *The ESPN pro football encyclopedia*. 1ª ed. Nova York: Sterling Publishing, 2006.

PAOLANTONIO, Sal. *How football explains America*. 1ª ed. Chicago: Triumph Books, 2008.

STEIDEL, Dave. *Remember the AFL*. 1ª ed. Cincinnati: Clerisy Press, 2008.

CRÉDITOS DAS IMAGENS

p. 8-10: domínio público • **p. 11:** © Coemgenus/CC BY-SA 3.0 • **p. 12:** Titelio/iStockPhotos; divulgação • **p. 13:** domínio público • **p. 15:** domínio público; © George Grantham Bain Collection/Library of Congress • **p. 16:** © National Photo Company Collection/Library of Congress; © Fundação Rampa/Billie Goodell • **p. 17-18:** divulgação • **p. 20:** divulgação; domínio público • **p. 21:** © Cygnusloop99/CC BY-SA 3.0 • **p. 22:** domínio público; divulgação; © Donn Dughi/State Library and Archives of Florida • **p. 23:** © Thomson200/CC0 1.0 • **p. 24:** © Cherie Cullen/United States Department of Defense; © Maryland National Guard/US National Guard • **p. 25:** © Chris Graythen/Getty Images • **p. 26:** divulgação; © Tech. Sgt. Larry A. Simmons/US Air Force • **p. 27:** © Focus on Sport/Getty Images • **p. 28:** domínio público; © Grant Halverson/Getty Images • **p. 29:** © Jd8ellington/CC BY-SA 3.0 • **p. 30:** domínio público; divulgação; © Robert Rice/domínio público; © Johnmaxmena2/CC BY-SA 3.0 • **p. 31:** © Jed Jacobsohn/Getty Images • **p. 32:** divulgação; © Ian Johnson/Icon Sportswire/Getty Images • **p. 33:** © Derek Jensen/domínio público • **p. 34:** divulgação; © Jason Miller/Getty Images; © Kahn's Weiners/domínio público • **p. 35:** © Jon Ridinger/CC BY-SA 4.0 • **p. 36:** domínio público; © Andrew Dieb/Icon Sportswire/Getty Images; Nicole Cordeiro/CC BY 2.0 • **p. 37:** domínio público • **p. 38:** divulgação; © Tech. Sgt. Michael Holzworth/US Air Force; © Thelastcanadian/CC BY-SA 3.0 • **p. 39:** © Tech. Sgt. Wolfram M. Stumpf/Air National Guard • **p. 40:** domínio público; © Laughead Photographers/Southern Methodist University Campus Memories • **p. 41:** divulgação; © Scott Halleran/Allsport/Getty Images • **p. 42:** domínio público • **p. 43:** © Daniel Bartel/Icon Sportswire/Getty Images • **p. 44:** © Senior Chief Petty Officer Michael Lewis/DVIDS/US Air Force; William Howard/Icon Sportswire/Getty Images • **p. 45:** © Bob Levey/Getty Images • **p. 46:** Malcolm W. Emmons/domínio público; © Andy Lyons/Getty Images • **p. 47:** © Josh Hallet/CC BY-SA 2.0 • **p. 48:** © Scott Halleran/Allsport/Getty Images; © Senior Airman Christine Griffiths/US Air Force • **p. 49:** © Senior Airman Christine Griffiths/US Air Force • **p. 50:** divulgação; © Senior Airman Carlin Leslie/US Air Force • **p. 51:** © Senior Airman Bruce Jenkins/US Air National Guard; © Senior Airman Carlin Lesli/US Air Force • **p. 52:** divulgação; © Bspangenberg/CC BY-SA 3.0 • **p. 53:** © Joe Robbins/Getty Images • **p. 54:** domínio público; © Joe Robbins/Getty Images • **p. 55:** © Thearon W. Henderson/Getty Images • **p. 56:** divulgação; domínio público; © ChaChaFut/CC0 1.0; © Cpl. Jody Lee Smith/US Department of Defense • **p. 57:** divulgação • **p. 58:** divulgação; © Sgt. 1st Class Michel Sauret/US Army; Air Force Tech; Sgt. Paul Santikko/Minnesota National Guard • **p. 59:** divulgação • **p. 60:** divulgação; © Airman 1st Class Jonathan Bass/Shaw Air Force Base-SC-US • **p. 61:** © John Tlumacki/The Boston Globe/Getty Images • **p. 62:** divulgação; © David Reber/CC BY-SA 2.0; © Andrea Booher/Federal Emergency Management Agency • **p. 63:** © Michael Zagaris/San Francisco 49ers/Getty Images • **p. 64:** Revmoran/domínio público; © Tech. Sgt. Michael Holzworth/US Air Force • **p. 65:** © Cpl. Caleb T. Gomez/US Marine Corps • **p. 66:** domínio público; © Sgt. Randall A. Clinton/US Marine Corps; © Sgt. Nicholas Young/New Jersey National Guard • **p. 67:** domínio público • **p. 68:** divulgação; © Ken Murray/Icon Sportswire/Getty Images • **p. 69:** © Brian Bahr/Getty Images • **p. 70:** domínio público; divulgação; © Sgt. Austin Hazard/US Military • **p. 71:** © Tech. Sgt. Charles Walker/US Air Force • **p. 72:** domínio público; © George Gojkovich/Getty Images; © Rick Stewart/Getty Images • **p. 73:** © Tyrol5/CC BY-SA 3.0 • **p. 74:** domínio público; © Chris Williams/Icon Sportswire/Getty Images; © Otto Greule Jr/Getty Images • **p. 75:** © Jim Bahn/CC BY 2.0 • **p. 76:** divulgação; © Smart Destinations/GoSeattleCard.com/Go Seattle Card/CC BY-SA 2.0; Christian Petersen/Getty Images • **p. 77:** © Otto Greule Jr/Getty Images • **p. 78:** divulgação; © Al Messerschmidt/Getty Images; © Bernard Gagnon/CC BY-SA 3.0 • **p. 79:** © Cliff Welch/Icon Sportswire/Getty Images • **p. 80:** divulgação; domínio público; © Joe Amon/The Denver Post/Getty Images • **p. 81:** © Casey Flesey/CC BY-SA 2.0 • **p. 82:** divulgação; domínio público • **p. 83:** © TSgt. Charles Walker/DVIDS/US Air Force • **p. 85:** domínio público • **p. 86:** divulgação • **p. 87-94:** domínio público • **p. 95:** divulgação • **p. 96:** © Underwood & Underwood/The Oregonian; © Gus. A. Fretter/Panoramic Photographs/Library of Congress • **p. 97-99:** domínio público • **p. 100:** divulgação • **p. 101-103:** domínio público • **p. 104:** © Pro Football Hall Of Fame/NFL • **p. 105-114:** domínio público • **p. 115:** divulgação • **p. 116:** © Rutgers University; © Dr. Kit Neacy/DDS • **p. 117:** domínio público • **p. 118:** divulgação; domínio público • **p. 119:** © Otto Sellers/Bell State University • **p. 120-121:** divulgação • **p. 122:** divulgação; domínio público • **p. 123:** divulgação • **p. 124:** domínio público • **p. 125:** divulgação • **p. 126-128:** domínio público • **p. 129:** domínio público; © Charles Eberhard/The Strong • **p. 130-136:** domínio público.